74

GUIDE ILLUSTRÉ

DU FAISANDIER

S

SAINT-DENIS. — IMPRIMERIE J. BROCHIN.

GUIDE ILLUSTRÉ
DU FAISANDIER

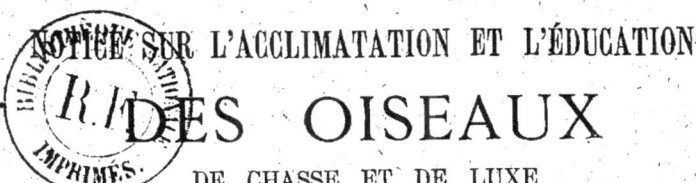

NOTICE SUR L'ACCLIMATATION ET L'ÉDUCATION
DES OISEAUX
DE CHASSE ET DE LUXE

**Paons, Éperonniers, Lophophores, Hoccos, Pauxis, Pénélopes,
Paraquas, Argus, Tragopans, Eulophes, Cryptonix,
Faisans proprement dits (9** *espèces***), Nyctemères, Houppifères (10** *espèces***),
Thaumalès (2** *espèces***), Crossoptilons (2** *espèces***)**

Illustrée de 33 grandes et belles Gravures

FIGURANT PLUS DE 75 OISEAUX, ŒUFS, OPÉRATIONS ET APPAREILS DIVERS

Édition revue et corrigée

COMPRENANT

L'Agencement de la Faisanderie, les Méthodes d'incubation naturelle
et artificielle, l'Élevage avec ou sans œufs de fourmis, l'Éjointage, le Repeuplement,
la Description, le Traitement des maladies et 18 Recettes culinaires

PAR M. JULES TROUSSET

Ancien Collaborateur du Grand Dictionnaire du XIXᵉ siècle, de l'Encyclopédie des Deux-Mondes,
de l'Encyclopédie des Connaissances utiles, Rédacteur de l'Atlas national.

PARIS
ARTHÈME FAYARD, ÉDITEUR
49, RUE DES NOYERS, 49
(Boulevart Saint-Germain)

—

1875

GUIDE ILLUSTRÉ DU FAISANDIER

DES PHASIANIDÉS.

D'après la méthode de Cuvier, les *phasianidés* constituent la cinquième famille de l'ordre des gallinacés. Ils ont pour caractère les joues nues et ordinairement d'un beau rouge et les plumes de la queue disposées en toit. Cuvier dispose cette famille en 7 genres : *Coq, faisan proprement dit, argus, houppifère, tragopan, eulophe et cryptonix.*

Cette classification, certainement la plus naturelle, a été généralement adoptée dans le monde savant et nous l'admettrions de même, si nous n'avions à rédiger plutôt un *manuel du faisandier* qu'une histoire naturelle des faisans.

Aux oiseaux admis par Cuvier dans la famille des faisans, nous allons donc ajouter quelques genres qu'il a repoussés. En cela, nous imiterons la plupart des hommes du métier qui ouvrent toutes grandes les portes de leurs faisanderies aux hoccos, aux pénélopes ou éperonniers, aux lophophores, etc., sans se préoccuper beaucoup de savoir si les plumes de leurs queues affectent la forme d'un toit. Du reste, l'histoire naturelle n'a pas dit son dernier mot. Il y a plus de 50 ans qu'écrivait Cuvier. Quelles découvertes n'a-t-on pas faites depuis? Quels progrès ne fera-t-on pas demain? Beaucoup d'oiseaux mal connus il y a un demi-siècle sont parfaitement décrits aujourd'hui et ont changé de famille; d'autres ont passé d'un genre dans un autre, et cette perturbation durera jusqu'à l'épanouissement définitif de la vérité.

En attendant cette époque bien éloignée, sans doute, nous croyons pouvoir réunir dans ce livre plusieurs genres d'oiseaux que les naturalistes repousseraient. Au point de vue de l'acclimation et de l'élevage, ils offrent avec les faisans certains rapports qui nous les font adopter, et, en leur ouvrant la faisanderie, nous leur disons : « *Soyez de la famille.* »

DU COQ.

L'importance de ce genre nous ayant déterminé à lui consacrer une monographie spéciale, nous renvoyons nos lecteurs au livre que nous publierons prochainement sur ce sujet.

DES PAONS.

De tout temps le *paon* a été considéré comme le plus bel oiseau du monde. « La grande taille, dit Buffon, la figure noble, les proportions du corps élégantes et sveltes, tout ce qui annonce un être de distinction lui a été donné. Une aigrette mobile et légère, peinte des plus riches couleurs, orne sa tête et s'élève sans la charger; son incomparable plumage semble réunir tout ce qui flatte nos yeux dans le coloris tendre et frais des plus belles fleurs, tout ce qui les éblouit dans les reflets pétillants des pierreries, tout ce qui les étonne dans l'éclat majestueux de l'arc-en-ciel; non-seulement la nature a réuni sur le plumage du paon toutes les couleurs du ciel et de la terre pour en faire le chef-d'œuvre de sa magnificence; elle les a encore mêlées, assorties, nuancées, fondues de son admirable pinceau, et en a fait un tableau unique, où elles tirent de leur mélange avec des nuances plus sombres, et de leurs oppositions entre elles, un nouveau lustre et des effets de lumière si sublimes que notre art ne peut ni les imiter ni les décrire. »

ESPÈCES. Le type du genre est le *paon commun* dont le plumage a été décrit par Buffon. La femelle est d'un brun-cendré, à cou changeant vert. Il a produit deux variétés. La plus commune est celle du *paon blanc*, albinos de l'espèce, à plumage blanc peu éclatant; l'autre est celle du *paon panaché*, produit par le mélange des variétés ordinaire et blanche.

Une espèce qui se rapproche beaucoup du paon ordinaire est le *paon aux ailes bleues*, qui nous vient de l'Inde et dont les reflets sont plus foncés; il porte des plumes noires aux ailes et à l'abdomen. La femelle est blanche et grise.

La seule espèce qui se distingue réellement est celle du *paon spicifère* ou *à épis*, de la Cochinchine et de Java. Il porte sur la tête une aigrette en forme d'épi ; mais il est loin de présenter les belles couleurs du paon ordinaire. Son cou et son dos sont couverts de plumes bordées de bleu éclatant, simulant des écailles. Autour de l'œil s'étend une membrane bleue et jaune. La femelle est assez semblable au mâle, quoique plus terne.

guerre des Pirates, se procurait, au moyen de cette industrie, un revenu de 60,000 sesterces (13,000 fr.). C'était un régal d'empereurs.

Pendant le moyen âge, le paon conserva sa réputation gastronomique; on le servait alors dans les repas princiers, paré de son beau plumage, comme on sert encore aujourd'hui les faisans.

De nos jours, la chair de l'oiseau de Junon est dédaignée; on ne l'élève plus que pour l'ornement des jardins et des basses-cours.

Mœurs. Le paon s'accommode très-

Lophophore resplendissant et sa femelle.

Notice. La domestication de cet oiseau, originaire de l'Inde, remonte à la plus haute antiquité. Les Phéniciens en faisaient un vaste commerce sur les côtes de la Méditerranée ; c'est ainsi qu'il s'est répandu peu à peu en Grèce, en Italie et que, de proche en proche, il a fini par s'acclimater dans notre Occident.

Il passait autrefois pour un mets délicat. On se livrait même à son engraissement sur une grande échelle. Un éleveur de l'ancienne Rome, Ausidius Lurcon, qui vivait au temps de la dernière

bien de la nourriture des autres volailles; il aime, du reste, à se trouver dans une basse-cour, entouré d'oiseaux domestiques, aux yeux desquels il étale vaniteusement son plumage; c'est sa cour, à lui; les pintades sont les courtisans qu'il préfère. Comme il lui faut un trône, il le trouve, sur l'arête des toitures, sur un fût de colonne, sur une branche d'arbre.

Lorsque ses plumes, semblables aux fleurs, se ternissent et tombent à l'arrivée des frimas, le roi de la basse-cour sent qu'il n'a plus aucun titre à l'empire;

il recherche alors les retraites les plus sombres pour y cacher son humiliation, jusqu'à ce qu'un nouveau printemps vienne lui rendre sa parure et son orgueil.

Le mâle montre autant d'ardeur que le coq pour les femelles; il faut lui en donner 4 ou 5; quand il en a moins, il les fatigue au point de les rendre stériles.

Du reste, son humeur est altière et querelleuse; il veut être le premier en toute chose; on ne doit admirer que lui seul. Il ne pardonne même pas au dindon de faire la roue; le dindon est un rival pour lui; il y a guerre entre les deux races. Mais on peut les laisser ensemble impunément; car les combats qu'ils se livrent ne sont jamais bien terribles; le paon, dès qu'il est attaqué, use de ses ailes pour aller se percher dans un endroit élevé d'où il peut braver, narguer et éblouir ses ennemis.

Du reste, ce n'est point un oiseau qui puisse se familiariser avec l'homme.

Il n'accepte de nous que notre admiration; mais il aime à chercher sa nourriture, et non qu'elle lui soit offerte. Jaloux de tout, il déteste les enfants, en raison des caresses que nous leur prodiguons; il leur saute au visage, et cherche à leur crever les yeux; sa haine s'étend aux chiens amis du maître; il faut donc le tenir à distance, et l'admirer de loin.

Le mâle est adulte à 3 ans; la femelle à 2 ans.

Ponte. Il est rare que la *paonne* ponde dans le poulailler; elle aime à cacher ses œufs et à les déposer dans un lieu aussi éloigné de terre que possible. On lui établit ordinairement un nid dans un grand panier, que l'on place sur une corniche, en haut d'un râtelier d'écurie.

Elle ne fait jamais qu'une ponte de 7 à 8 œufs par an. Les œufs, gros comme ceux d'une dinde, sont pondus à plusieurs jours d'intervalle.

Incubation. La paonne est assez bonne couveuse; mais comme elle abandonne son nid dès qu'on la dérange, et comme le mâle est sujet à briser les œufs, il est préférable de confier l'incubation à une dinde. La durée en est de 30 jours.

Élevage. Les jeunes sont très-faciles à élever. Ils cherchent eux-mêmes leur nourriture dès qu'ils sont éclos. On les nourrit comme les dindonneaux; il faut avoir soin de ne point les laisser coucher à terre pendant la première jeunesse; autrement ils périraient.

Lorsqu'ils sont élevés par une paonne, celle-ci les fait monter sur son dos, et les emporte où elle veut les loger.

La dinde n'ayant pas les mêmes précautions, on la fera coucher sur un plancher.

Les *paonneaux* exigent, du reste, absolument les mêmes soins que les dindonneaux; ils sont malades au moment où leur aigrette est sur le point de pousser; on les traite comme les dindonneaux, lors de la pousse du rouge.

On ne doit les laisser approcher du mâle qu'après cette crise; car avant qu'ils aient l'aigrette, ils seraient maltraités par lui.

EMBALLAGE. On emballe les paons comme les faisans; mais la forme de l'emballage subit une légère modification. Voici ce que M. A. Geoffroy Saint-Hilaire nous indique, dans une note sur le transport des animaux vivants, qu'il a publiée, le 20 janvier 1870, dans le *Bulletin de la Société d'Acclimatation:*

« On place les paons dans un panier rectangulaire allongé; on échancre la paroi qui se trouve en arrière de l'animal; la queue se trouve ainsi en dehors. Pour éviter qu'elle ne soit détériorée, on fixe solidement, avec du fil de fer, sur le couvercle du panier un bâton et, entourant les grandes plumes de la queue, de toile, on les ficellera sur le bâton. Ainsi emballé, l'oiseau parviendra à destination dans un état parfait. »

DES ÉPERONNIERS.

On appelle ainsi un genre d'oiseaux qui rivalisent avec les lophophores pour l'élégance de leurs formes et la richesse de leur parure. Ils se reproduisent assez bien en captivité; la femelle pond en février 2 œufs que l'on lui laisse couver pendant une semaine; ensuite on les donne à une poule. La mère se remet à pondre au bout d'une quinzaine. Les petits s'élèvent comme les faisans. Les espèces connues sont:

L'*Éperonnier de l'Inde* ou du *Thibet,* le plus beau; huppe verte dorée, iris des yeux jaunes, avec un cercle de la même couleur autour des yeux;

joues blanches, gorge gris-clair; un bec rouge en dessus et brun en dessous termine cette jolie tête, aussi élégante que celle du paon. Sur le reste du plumage sont répandues des couleurs encore plus admirables : « on croirait, dit Sonnini, voir une belle peau de martre zibeline, enrichie de saphirs, d'opales, d'émeraudes et de topazes ». Toute description est impossible. Nous dirons seulement que le ventre de l'oiseau est noir. Les plumes de la queue et des ailes portent chacune deux œils de paon d'une belle couleur pourpre à reflets bleus, verts et or. Ces taches sont entourées d'un doublé cercle : l'un noir et l'autre orange obscur.

L'*éperonnier chinquis* rivalise avec lui. C'est l'éperonnier de Malaisie; sa tête est grise, son plumage gris ardoisé, vermiculé de blanc; les œils de sa queue et de ses ailes sont cerclés de blanc; sa queue est presque aussi longue que son corps. La femelle est de la taille du faisan et porte une queue moins longue.

On connaît encore :

L'*éperonnier de germann*, de Cochinchine, plus foncé que le chinquis;

L'*éperonnier non ocellé*, de Malaisie ;

Et l'*éperonnier emphanum* , des îles Philippines.

DES LOPHOPHORES.

On nomme ainsi (du grec *lophos*, aigrette ou crête, et *phoros*, qui porte) un des plus beaux oiseaux de la création, plus brillant que le faisan doré, plus riche que le paon. Le type du genre, le *lophophore resplendissant* se distingue par une belle aigrette de 18 plumes d'un vert doré. Les plumes du cou sont pourpres, avec les reflets de l'émeraude et l'éclat de l'or ; celles des ailes et du dos, d'un vert doré nuancé de pourpre, le dessous du cou noir, à reflets métalliques. Le tour des yeux est pourpre; les joues dorées, le bec jaune, la queue rousse.

On l'appelle aussi *lophophore Impey*, parce que lady Impey est la première qui ait essayé de l'introduire en Angleterre où sa magnifique dépouille arriva seule. De nouvelles tentatives faites en 1856 furent plus heureuses. Des sujets arrivèrent vivants à Londres, où la société zoologique parvint à les faire prospérer et reproduire. Chez nous, le faisandier Plet, du Jardin d'acclimatation, a élevé de jeunes lophophores jusqu'à l'âge de 4 mois ; puis la phthisie les a enlevés. M. Plet attribue cet insuccès au peu d'espace dont il dispose. Il affirme que les jeunes viendraient bien dans un grand parc, où ils trouveraient en quantité des vers, des insectes, des baies, des graines et de jeunes pousses. Il faudrait leur donner des abris, car ils craignent la pluie et l'humidité. On pourrait aussi les mettre dans un potager avec des poulets.

De même que le dindon, le lophophore aime les endroits secs, un peu arides et tranquilles; comme le dindonneau, il est d'une grande délicatesse et a tout à craindre des excès de l'atmosphère.

La femelle fait son nid au pied d'un arbuste; elle y dépose 7 ou 8 œufs gris tachés de roux ; elle les couve pendant 28 jours et elle élève seule ses petits ; mais il est préférable de lui enlever ses œufs à mesure qu'elle les pond et de les confier à une poule; alors, on peut obtenir deux pontes.

En volière, le lophophore se nourrit de blé, de sarrasin, de maïs, de millet, de choux, de salade et de verdure.

Une espèce aujourd'hui complétement acclimatée est celle du *lophophore Drouyn de Lhuys*, que M. Dabry a importée du Thibet. Quoique un peu moins magnifique que le précédent, il mérite d'être répandu. Lui aussi est délicat. C'est un brillant oiseau dont le dos est d'un beau rouge cendré avec des reflets verts métalliques. Le dessous noir du corps se termine par du blanc au croupion. La tête est pourpre avec reflets verts métalliques; la huppe d'un violet pourpre.

Enfin, deux autres espèces, le *lophophore de Sclatter* et le *lophophore obscur* n'ont pas de huppe. Ce dernier est originaire du Thibet; il en existe plusieurs exemplaires au Muséum d'histoire naturelle de Paris.

DES HOCCOS.

Bec fort; narines placées latéralement sur une peau nue qui recouvre la base du bec ; huppe formée de plumes longues, étroites et recourbées à leur extrémité. Le hocco, facile à apprivoiser, fécond en captivité, se distingue en plusieurs espèces qui se marient bien ensemble et produisent un grand nombre de variétés.

Ce sont de grands oiseaux d'Amérique qui offrent plus d'analogie avec le dindon qu'avec le faisan ; presque tous vivent en domesticité dans leur pays natal. Leur queue, large et arrondie, se compose de pennes grandes et droites. Leur cri peut se rendre par les syllabes *po-hic* ; mais ils font entendre un autre son plus aigu et plus sonore, et un bourdonnement sourd, concentré, semblable à celui du son d'une basse, et qui, étant formé dans la capacité de l'abdomen, se répand au dehors en passant par un repli que forme la trachée. Le dindon, autre oiseau de l'Amérique, fait entendre, en piaffant autour de sa femelle, un son analogue, quoique moins vif.

D'un naturel doux, les hoccos s'apprivoisent très-facilement et vivent dans la basse-cour ; leur acclimatation ne serait pas bien difficile et ce serait pour nous une belle acquisition, en raison de la délicatesse de leur chair, comparable à celle du faisan. Des essais tentés par Temminck et par l'impératrice Joséphine prouvent que cet oiseau pourrait vivre et même se reproduire chez nous ; mais il ne faudrait pas l'amener brusquement sous nos climats trop froids ; il faudrait procéder comme on a fait pour le dindon qui a été importé en Espagne et en Italie longtemps avant de venir en France. Les amateurs pourraient faire des essais en Algérie, par exemple, et après plusieurs générations, l'oiseau serait introduit successivement en Corse, à Marseille et enfin à Paris. Devenu moins frileux, il ne périrait plus dès les premières neiges comme ont fait les hoccos que possédait l'impératrice Joséphine à la Malmaison. Telle est leur susceptibilité, qu'en 1829, une belle famille, née 4 ans auparavant dans une propriété des environs de Marseille, fut détruite en une seule nuit, surprise sur les arbres par la neige et les vents du Nord.

Les hoccos craignent surtout l'humidité et la neige bien plus que le froid. Il faudrait les maintenir en hiver dans un coin d'écurie ou d'étable bien saine, d'où on ne les laisserait pas sortir lorsque le temps est humide. Il faut surtout craindre la gelée aux pattes, parce que lorsque les ongles ont été gelés il n'y a plus de reproduction possible.

Mœurs. A l'état sauvage, les hoccos vivent en troupes nombreuses dans les montagnes boisées ; ils perchent sur les plus grands arbres. Leur vol lourd, leur démarche lente, leur caractère doux, la familiarité avec laquelle ils s'approchent des hommes sont autant d'indices que ces oiseaux ont été créés pour la domesticité aussi bien que le coq et le dindon.

Une fois en esclavage, ils deviennent affectueux pour leur maître ; ils tiennent cependant encore à conserver un semblant de liberté ; car leur domestication, encore toute récente, ne leur a point enlevé l'usage de leurs ailes ; ils s'en servent pour voler au loin pendant le jour, mais ils rentrent chaque soir. Ces velléités d'indépendance disparaîtraient après plusieurs générations d'esclavage.

Nourriture. En liberté, les hoccos se nourrissent de bourgeons, de graines, de baies et de fruits ; ils ont surtout une grande prédilection pour les fruits du *thoa piquant* qu'ils avalent tout entier.

En domesticité, ils se contentent de toutes les graines que l'on donne à la volaille : maïs, pois, sarrasin, riz ; on peut même leur donner du pain. Un peu de salade est indispensable, surtout pour les jeunes.

Multiplication. La femelle pond 15 ou 20 œufs, dans un nid placé dans un trou de rocher ou à terre, sous un buisson épais. L'incubation dure de 31 à 32 jours. Les petits courent en naissant et se développent lentement.

En captivité, il faudrait les nourrir de pâtée formée de mie de pain, d'œufs durs, de salade hachée, de cœur cru haché, de vers de terre, de vers de farine, etc.

ESPÈCES. On a décrit plusieurs espèces de hoccos.

Hocco teucholi. Le mâle et la femelle portent à la base du bec, vers le front, un tubercule calleux, globuleux, gros comme une noisette et jaune-vif ; le tour de l'œil est nu. Tout le plumage de l'oiseau est d'un beau noir lustré de verdâtre, avec du blanc pur à l'abdomen et sous la queue ; iris brunron, avec du blanc à la partie supérieure du cou ; chair blanche, succu-

FAISANS.

1. Faisan commun. — 2. Faisan à collier. — 3. Faisan panaché. — 4. Faisan blanc. — 5. Lophophore Drouyn-de-Lhuys. — 6. Argus.

marron ; bec et pieds corne-noirâtre. *Hocco coxolitti.* Plumage roux-marlente, exquise ; taille du dindon. Le mâle et la femelle se ressemblent. Cet oiseau du Brésil se reproduisait chez Temninck en aussi grande abondance qu'une volaille ordinaire.

Hocco mituporanga (de la Guyane). Oiseau noir auquel les Espagnols ont donné le nom de *dindon de la montagne*. Le mituporanga habite en effet, de préférence, les lieux élevés et boisés.

Hocco à barbillons (du Paraguay et du Brésil), à bec court, à cire rouge sur le bec ; cette cire se prolonge de chaque côté de la mandibule inférieure en un petit barbillon arrondi ; tour de l'œil nu.

DES PAUXIS.

Ils se distinguent des *hoccos* par la présence, sur la membrane qui entoure la base du bec et sur la plus grande partie de la tête, de plumes serrées et courtes, imitant du velours. Natures paisibles, peu bruyantes, douces et faciles, les pauxis vivent bien avec les autres gallinacés. Ils se rapprochent, du reste, beaucoup des hoccos par leur caractère sans défiance et facile à soumettre. Ils perchent sur les arbres et pondent à terre ; ils se nourrissent de fruits, de graines et d'insectes. Tout ce que nous avons dit de l'acclimatation des hoccos s'applique parfaitement à celle des pauxis.

L'espèce la plus commune, le *pauxi à pierre*, est ainsi nommée parce qu'elle porte sur la base du bec un tubercule bleu-clair, creusé de cellules et cependant dur comme la pierre. Le bec et le casque sont d'un rouge vif ; les pattes rouge-clair ; l'iris brun. Cet oiseau a été élevé à la fin du siècle dernier en Hollande, chez un riche amateur, M. Ameshoff ; depuis, chez Temninck. C'est un oiseau du Brésil.

DES PÉNÉLOPES.

Ces oiseaux, assez voisins des hoccos, s'en distinguent surtout par l'absence de la cire et par quelques places dépourvues de plumes sur la tête. Ils appartiennent à l'Amérique méridionale et principalement à la Guyane où ils représentent le genre faisan avec lequel ils offrent quelques rapports, comme caractère. Plus farouches que le hocco, ils constituent un bel oiseau de chasse plutôt que de basse-cour, et

c'est à ce point de vue qu'il faut se placer dans les tentatives que l'on fait pour les acclimater. Leur introduction dans nos parcs nous donnerait un beau gibier, dont la chair ne le cède point à celle du faisan. Le Jardin d'Acclimatation de Paris en possède plusieurs exemplaires qui s'y reproduisent très-bien. Ils craignent le froid, surtout aux pieds. Lorsqu'ils ont eu les pattes gelées, ils perdent leurs ongles et deviennent improductifs.

Mœurs. En liberté, les pénélopes vivent en petites troupes dans les forêts les plus épaisses qui avoisinent la mer ; ils perchent sur les arbres élevés et passent la journée cachés sous le feuillage. Soir et matin, ils vont à la recherche de leur nourriture, sans s'aventurer dans les lieux découverts. De même que la plupart des vrais gallinacés, ils volent mal ; mais leur course est tellement rapide qu'un homme ne saurait les atteindre.

En esclavage, ils deviennent familiers et recherchent les caresses ; mais de même que les hoccos, leur domestication n'est pas assez complète pour les empêcher de rechercher une quasi-liberté ; ils courent sur les toits et volent sur la cime des arbres.

Nourriture. En liberté, ils se nourrissent à peu près comme le faisan ; ils aiment les bourgeons, les graines, les fleurs, les insectes et surtout les fruits.

En domesticité, on peut les nourrir comme la volaille ; cependant on a observé qu'ils ne digèrent pas le maïs et le rendent entier dans leurs excréments ; la nourriture préférée est le blé et le sarrasin.

Ponte. En liberté, la femelle fait son nid sur les buissons. L'accouplement a lieu vers le mois de février.

Il est bon, en domesticité, de leur donner, à cette époque, une nourriture un peu excitante : pain et cœur cru. On attache à un mur de la volière, à une hauteur de 2 m. 1/2, un grand panier ou un nid où la femelle dépose 2 œufs. Lorsqu'elle les a couvés pendant une huitaine, on les lui enlève pour les donner à une petite poulette. De ces 2 œufs 1 seul est ordinairement bon. Quinze jours après qu'on lui a enlevé ses œufs, la femelle se remet à pondre deux autres œufs qui sont bons et qu'elle couve elle-même. Elle est bonne mère, élève bien ses petits, les promène et leur apprend à chercher leur nourriture.

Petits. Les jeunes pénélopes doivent être élevés avec autant de soins que les faisans. On les nourrit de pâtée composée comme pour les jeunes hoccos. Les premiers jours, on leur donne un peu de jaune d'œuf.

ESPÈCES. On a décrit un grand nombre d'espèces. Voici celles qui nous paraissent les plus intéressantes :

Pénélope guan ou *Dindon du Brésil.* Le plus grand des pénélopes connus.

Mâle, vert-noirâtre en dessus, à reflets olivâtres; plumes de la gorge vert foncé et entourées de blanc; plumes du ventre et des cuisses roussâtres et bordées de blanc; croupion roux foncé; poils noirs sur le bec; huppe touffue capable d'érection, iris brun rougeâtre; gorge nue d'où pend une membrane semblable à celle du dindon. — Femelle moins brillante. C'est une des espèces les plus faciles à acclimater. Elle reproduit très-bien au Jardin d'Acclimatation de Paris où on l'appelle *pénélope à tête blanche.*

Pénélope Marail. S'apprivoise et se familiarise jusqu'à l'importunité, vit presque toujours perché à l'état sauvage.

Le mâle porte une huppe très-touffue, large vers le bout, d'un vert noirâtre avec une fine bordure blanche. L'oreille est couverte de plumes verdâtres bordées de blanc; cou, dos, poitrine et croupion vert-bouteille à reflets; ventre brun; peau nue sur les joues communiquant avec la cire du bec; quelques poils sur la partie nue du cou et de la membrane qui tombe sous la tête, pieds rouges, ongles et bec noirs.

Femelle plus rousse.

A la fin du siècle dernier, cet oiseau se reproduisait parfaitement en Hollande.

Pénélope yacou. Oiseau qui doit son nom à son cri : *yac.* Il se rapproche du dindon. — Œil entouré d'un cercle noir qui communique avec le bec; membrane sous le bec qui porte, en outre, de petites plumes courtes, droites et noires. Le corps est noir, avec un peu de blanc sur le bord des plumes.

Pénélope péoa (du Brésil). Pas de huppe, plumes de la tête courtes et arrondies; queue longue, à pennes un peu étagées. Le volume du corps est semblable à celui du faisan doré.

Tête d'un brun noirâtre, avec des poils isolés sur le front; bande noire de la mandibule inférieure jusqu'à l'oreille, bande blanche au-dessus de la précédente; plumes du dos d'un cendré verdâtre entouré de gris; ailes vert foncé avec larges bandes d'un rouge brillant; queue verdâtre teintée de roux; poitrine brun cendré; croupion marron; sous la gorge, membrane nue semée de quelques rares poils; côtés de la tête nus et d'un pourpre foncé; iris brun rougeâtre, pieds d'un bleu couleur de corne; ongles et bec bruns.

Pénélope siffleur (de la Guyane). Plumage d'un noir luisant, tête ornée d'une huppe à plumes blanches; taches blanches sur les ailes.

DES PARAQUAS.

On les classe souvent avec les pénélopes, dont ils ne diffèrent que parce qu'ils n'ont presque pas de nu à la gorge et autour des yeux; on les a souvent aussi classés avec les vrais faisans, sous le nom de *faisans de la Guyane.* On les appelle *paraquas* en raison de leur cri que l'on peut écrire *parkoua.*

Tête roux foncé; dessus du corps brun olivâtre; poitrine d'un gris nuancé d'olivâtre; cuisse et abdomen couleur fauve. Les 6 pennes du milieu de la queue sont d'un vert foncé à reflets métalliques.

La femelle, moins brillante, pond 5 ou 6 œufs dans un nid construit à 7 ou 8 pieds de haut. Presque aussitôt après leur naissance, la mère descend ses petits à terre et les élève comme les poules font de leurs poussins.

Le paraqua vit dans les bois peu éloignés des côtes, aux environs des terres cultivées; il vit de fruits, de vers, d'insectes, d'herbes. Il ne sort guère que le matin et le soir; ses mœurs sont donc à peu près semblables à celles des *pénélopes.* Dans nos volières, il s'élèverait absolument de la même façon. C'est un oiseau recommandé par M. Florent Prévost comme facile à acclimater.

DE L'ARGUS.

Malheureusement, ce bel oiseau, qui a vécu dans notre Jardin d'Acclimatation, n'a pas encore pu être acclimaté sous nos climats. Sa patrie est Sumatra et Malak.

Sa tête est surmontée d'une double huppe qui se couche en arrière; mais la particularité la plus remarquable qui le distingue, c'est sa belle queue, qui lorsqu'elle est relevée, ressemble à un large éventail; les deux plumes du milieu sont beaucoup plus longues que les autres. Ses ailes portent des plumes de toute couleur : bleue, rouge, blanche; elles sont splendidement ocellées par de brillants miroirs que l'oiseau montre lorsqu'il étale ses ailes pour piaffer autour de sa femelle.

Celle-ci est plus petite que le mâle; elle mesure à peine 75 centimètres, tandis que la longueur totale du mâle est, y compris sa queue, de 1 m. 70 c.; il est vrai que là queue n'a pas moins de 1 m. 20 c.

DES TRAGOPANS.

Ces oiseaux doivent leur nom (qui signifie *paon-bouc*) à un fanon charnu qu'ils portent sous la gorge. Ils demeurent cachés tant qu'il fait du soleil et ne se livrent à la recherche de leur nourriture que le matin et le soir; ils s'acclimateront très-bien; déjà on est parvenu à les faire pondre dans nos volières; on les nourrit et on les traite absolument comme les faisans. Les espèces que nous connaissons sont :

Le *tragopan cornu* ou *tragopan satyre*, ou *nepaul* (de l'Himalaya), type du genre; tête nue, plumage roux à taches noires bordées de blanc. Fanon bleu. Le mâle se distingue par deux cornes bleues, minces, cylindriques, situées au-dessus des yeux.

Le *tragopan de Temminck* (de la Chine). A plumage roux ocellé de bleu, avec une queue noire et jaune; le fanon et les joues sont bleus; la huppe, pendante en arrière, est noire, et rouge au milieu. La femelle, plus brune, a le plumage ocellé de blanc.

Le *tragopan à tête noire* (de l'Himalaya), espèce à dos brun, avec le croupion noir maculé de blanc, le ventre et le derrière du cou rouges, la poitrine orange, les ailes ondulées de jaune pâle, l'œil et le fanon jaunes, et la huppe noire avec une pointe rouge.

Le *tragopan Cabot* (de l'Himalaya). Le mâle est clair et tacheté; la femelle est brune.

Le *tragopan d'Hastings* (de l'Himalaya).

DES EULOPHES.

Genre dont la forme se rapproche de celle du tragopan; cependant les pattes sont dépourvues d'ergots et la tête est presque sans nudité. Les eulophes, originaires de l'Inde, se distinguent par un beau plumage et une huppe épaisse au-dessus de la tête. Ce serait une belle conquête à tenter.

DES CRYPTONIX.

Genre classé par Cuvier parmi les phasianidés, bien qu'il se rapproche beaucoup du genre perdrix. Le type du genre est le *rouloul* (de Malak, Java et Sumatra), bel oiseau à plumes vert sombre sur le dos, le croupion et la queue; noires au cou et aux joues; violet foncé sur la poitrine et le ventre. Le mâle porte une longue huppe de plumes effilées, rousses, et de longs brins sans barbe, redressés à chaque sourcil. La femelle n'a qu'un vestige de huppe. Le pouce ne porte point d'ongle, et c'est de là que vient le nom scientifique de ce genre d'oiseau (du grec *criptô*, cacher, et *onyx*, ongle). Le rouloul est farouche et ne s'apprivoise pas facilement; c'est donc un oiseau de chasse qu'il ne nous serait peut-être pas impossible d'acclimater.

Une espèce appelée *rouloul de sumier* se distingue par un beau plumage d'un noir lustré.

DU FAISAN PROPREMENT DIT.

Il est essentiellement caractérisé par sa queue longue, étagée, avec les pennes ployées chacune en deux plans et se recouvrant comme des toits.

Nous le diviserons en cinq groupes : 1° *Faisans*; 2° *nyctemères*; 3° *houppifères* ou *euplocomes*; 4° *thaumalés*; 5° *crossoptilons*.

1º FAISANS.

Le type de ce groupe est le
FAISAN COMMUN. Introduit en Europe
dès la plus haute antiquité. Les Grecs,
dit-on, remontant le Phase pour arriver
à Colchos, aperçurent pour la première
fois ces beaux oiseaux ; ils les rapportè-
dans leur patrie et firent à l'Europe un
présent bien plus riche que celui de la
Toison d'or.

L'oiseau du Phase (Phasianus colchicus),

Le faisan commun a, de tout temps
servi de type pour l'histoire naturelle
du genre faisan ; mais les autres espèces s'en éloignent par certains. détail
que nous noterons en nous occupant d
chacune d'elles.

Le naturel sauvage et solitaire de ce
oiseaux les pousse à s'enfuir à la moin
dre apparence de danger, et à s'envole
avec rapidité. Quand on approche un fai
san, il commence par se blottir à terre
puis prend brusquement son vol, et sou
vent en s'enfuyant, les mâles poussen

Faisan de Wallich.

se répandit peu à peu dans toute notre
partie de l'ancien monde.

Tête et cou d'un vert doré à reflets
bleus ; flancs et poitrine d'un marron
pourpré brillant ; manteau brun bordé
de marron ; queue d'un gris olivâtre à
bandes transversales noires. Ce faisan
offre l'avantage de prendre sa couleur
la première année ; il peut même reproduire dès l'âge d'un an ; mais il est
préférable de n'employer, pour la reproduction, que des sujets de deux ans
faits.

des cris aigus et peu mélodieux qui tiennent le milieu entre celui du paon et
celui de la pintade. Les femelles ont la
voix plus faible et plus douce.

« Ils se plaisent, dit d'Orbigny, dans
les plaines boisées et dans les lieux
humides. où ils trouvent des limaçons
en abondance ; mais ils changent de
place quand l'herbe et les buissons sont
trop humides. Ils se tiennent le jour à
terre et quelquefois s'avancent dans les
champs cultivés ; au coucher du soleil,
ils gagnent les grands arbres pour y

passer la nuit. Suivant le temps, ils perchent plus ou moins haut. Lorsqu'il fait beau, ils montent à la cime de l'arbre, et quand le temps est mauvais, ils restent sur les branches inférieures. Les femelles ne perchent que quand les petits sont élevés. Tant qu'ils sont faibles, elles restent à terre. Dès qu'ils sont un peu forts, elles les font percher sur des branches basses et les réchauffent sous leurs ailes; plus tard, elles les habituent à se percher.

« La nourriture des faisans consiste en graines de toutes sortes : baies de genevrier, ronces sauvages dont ils sont très-friands, graines de genêts et de fausses nèfles, groseilles, baies de sureau, insectes, vers, fourmis et escargots.

« Les dispositions sauvages du faisan, qui le portent à fuir, non-seulement les autres oiseaux, mais même ceux de sa propre espèce, ne s'adoucissent qu'à l'époque de la pariade, qui a communément lieu en mars ou avril. Les mâles, qui se livrent alors des combats furieux et se tuent même quelquefois en se frappant sur la tête à grands coups de bec, se mettent en quête de quatre ou cinq femelles, qui les fuient dès qu'elles ont à satisfaire au besoin de l'incubation; mais on les retrouve en petites bandes à l'automne.

« La faisane niche à terre dans les buissons fourrés, et y pond 12 à 24 œufs de couleur olivâtre claire, marquetés de taches brunes, arrangées en zones circulaires. Ils sont un peu moins gros que les œufs de poules, et la coquille en est plus mince que celle des œufs de pigeons.

« Le faisan à collier pond plus tôt, et ses œufs, beaucoup plus nombreux, sont bleu tendre, ou verdâtres tiquetés de bleu; les œufs de faisan doré ressemblent à ceux de la pintade; ils sont plus petits que ceux de la poule, plus rougeâtres que ceux du faisan commun, et la coquille en est très-dure. En général, les faisans dorés et argentés pondent de huit à dix jours plutôt que les faisans communs. La faisane construit seule son nid dans un lieu écarté et subvient seule aux soins de l'incubation. Au bout de 23 à 25 jours, d'autres disent 27 jours et ce dernier chiffre paraît le plus exact, les petits éclosent,

et, à l'exemple des autres gallinacés, se mettent sur-le-champ à courir. Dans leur premier âge, ils se nourrissent surtout d'insectes, et ne mangent des graines ou des baies que lorsqu'ils sont plus âgés. La mère, moins attentive que la poule, ne veille pas sur ses petits avec la même sollicitude, et donne indifféramment ses soins à tous les faisandeaux qui la suivent; c'est pourquoi il n'est pas rare de voir avec une faisane des petits de différents âges.

« Leur mue a lieu à l'automne, et c'est à cette époque que les jeunes commencent à prendre leur plumage d'adulte; avant ce temps, il sont entièrement méconnaisables, surtout dans les espèces dorées et argentées, où l'on voit successivement apparaître, sur un plumage de couleur sombre, quelques-unes des plumes brillantes qui doivent en faire des oiseaux dorés de la plus éclatante parure; mais ce n'est qu'au bout de trois ans que le faisan de la Chine et l'argenté prennent leur brillant plumage. On reconnaît, même dans l'âge le plus tendre, les mâles des femelles, à la couleur de l'iris, qui est blanc chez les premiers et brun chez les seconds.

« La durée de la vie du faisan est de huit à dix ans (d'autres auteurs disent six à sept, mais ils se trompent), et vers cinq ans il s'opère dans les femelles, qui cessent d'être fécondes, un changement qui se retrouve chez certains autres oiseaux; elles prennent un plumage qui approche de plus en plus de celui du mâle, et finit par être entièrement semblable. En terme de chasse, on les appelle faisans coquarts. Cette expression est d'autant plus vicieuse qu'elle appartient aussi au faisan bâtard. La femelle du faisan à collier prend aussi la livrée du mâle lorsqu'elle est devenue stérile par suite de pontes trop précoces et trop nombreuses, et elle ne se distingue du mâle que par l'absence de huppe et de caroncule.

« L'intelligence du faisan est très-bornée; mais c'est à tort qu'on a dit qu'on ne pouvait jamais obtenir d'eux le moindre témoignage d'affection, quels que soient les soins qu'on leur prodigue, et qu'ils reviennent constamment à leur naturel sauvage. Ils arrivent au contraire à une grande familiarité, vivent en commensaux avec les poules, et n'ont pas, comme les pintades, l'inconvénient de mettre tout en émoi dans la basse-cour.

« La patrie du faisan est la Chine, le Japon, le Pégu, la Cochinchine, les montagnes du Caucase et en général toute la partie méridionale de l'Asie; mais le faisan commun est répandu dans toute cette partie du globe jusqu'en Sibérie et se trouve dans toute l'Europe, depuis les parties chaudes et fertiles de la Méditerranée jusqu'au golfe de Bothnie, quoique du temps de Linné, il n'en soit nullement question dans son dénombrement des oiseaux de Suède. On en trouve dans les contrées boisées en Allemagne, en Angleterre, en Hollande et en France, et ils se tiennent plus particulièrement en Touraine dans les forêts de Loche et d'Amboise, dans la forêt de Chinon, dans la partie du Berri qui avoisine la Touraine, et même dans plusieurs îles du Rhin voisines de Strasbourg, ainsi que dans les bois qui entourent cette ville. Ces colonies paraissent venues des faisans dorés entretenus à grands frais par les princes allemands. En Corse, ils sont communs dans les plaines di Campoloro et d'Aléria; mais il ne s'en trouve pas en Sardaigne. On a vainement tenté sur plusieurs points de les naturaliser, et le duc de Penthièvre fit inutilement lâcher pendant plusieurs années, dans les bois de sa terre de la Ferté-Vidame, plus de 500 faisandeaux qui ne multiplièrent pas, quoique en liberté.

« La chasse du faisan est facile ; ils sont assez stupides pour donner dans tous les pièges, et on peut les tuer en se tenant à l'affût au pied des grands chênes où ils viennent se percher pour passer la nuit. Ils se laissent approcher sans défiance quand la nuit est venue, et essuient même plusieurs coups de fusil sans quitter l'arbre.

« Sonnini dit que les Turcs de Salonique chassent les faisans sauvages à l'oiseau de proie, et que le faucon se posant au-dessus du faisan lui inspire une telle terreur qu'il se laisse prendre en vie. Il donne aussi dans les filets que l'on tend sur les chemins où il passe pour aller boire, et on les prend avec des lacets semblables à ceux dont on se sert pour les perdrix. Buffon a nié qu'on put prendre des faisans au gîte en les suffoquant avec du souffre, et l'auteur des *Ruses du braconnage*, La

Bruyère, a prétendu que c'était un conte populaire ; pourtant Chagné de Marolles raconte une anecdote d'enfumeurs de faisans qui prouve qu'au moyen d'une mèche soufrée fixée au bout d'une longue perche, on peut facilement les asphyxier.

» Les faisans s'habituent facilement à la vie de basse-cour et on peut les laisser courir en liberté avec les autres volailles. On a remarqué que ceux mêmes qui sont redevenus sauvages conservent toujours le souvenir du lieu où ils ont été élevés.

« Si l'éducation des faisans prenait plus d'extension, et que des hommes intelligents s'en occupassent, il est évident que ces oiseaux deviendraient complétement des oiseaux de basse-cour. »

Variétés. Le faisan commun a donné naissance à quelques variétés nées en domesticité et conservées par la sélection. Ce sont :

Le *faisan blanc.* Livrée ordinairement blanche avec quelques plumes richement décorées, semées au hasard. Variété du faisan commun, due à la domestication. C'est l'albinos de l'espèce.

2° Le *faisan cendré* ou *faisan isabelle*, tête verte, oiseau très-farouche et excellent, par conséquent, pour la chasse.

3° Le *faisan panaché*, variété accidentelle, à livrée blanche ou blanchâtre plus ou moins bigarrée et due surtout à l'esclavage. On obtient aussi des faisans panachés en mariant le faisan commun avec le faisan blanc.

Métis. Par le croisement du faisan commun avec une poule commune, on obtient le *coquart ordinaire*, d'une haute taille et qui ne cherche pas à se reproduire. « Toutes ses tendances sont féminines, dit M. de la Blanchère, il n'aspire qu'à couver. »

Voici comment on opère pour obtenir ce métissage :

On prend un jeune faisan qui ne s'est encore accouplé avec aucune faisane. On le renferme dans un lieu étroit et faiblement éclairé par en haut. On choisit de jeunes poules vierges dont le plumage se rapproche de celui de la faisane et on les met dans une case attenante à celle du coq faisan. Les cases ne doivent être séparées que par une espèce de grille à larges mailles, de façon que la tête et le cou des volatiles puisse y passer, mais non le reste de leur corps. On met à manger dans la

bientôt faite. On donne surtout de la nourriture échauffante.

FAISANS.

1. Faisan vénéré. — 2. Femelle du vénéré. — 3. Faisan doré. — 4. Femelle du Doré. — 5. Faisan argenté. — 6. Femelle de Faisan argenté.

case des poules. Le faisan est forcé de passer la tête de leur côté pour prendre sa nourriture et la connaissance est

malgré cela, le faisan cherche à tuer les poules, on lui touche le bec avec un fer rouge et on excite son tem-

2

pérament par des fomentations appropriées.

Enfin, lorsque la connaissance est bien faite, on met le faisan dans le compartiment des poules. Les œufs que l'on en obtient produisent des *coquarts* dont la chair est excellente et dont la livrée varie d'individu à individu.

Faisan roussard. Métis du doré mâle et de la faisane commune. Il est paré d'une éclatante livrée, qui l'a souvent fait prendre pour une espèce nouvelle. Il ne se reproduit pas.

FAISAN DE L'INDE ou *faisan à collier* (de l'Himalaya). Introduit en France à la fin du siècle dernier, il existait déjà depuis longtemps dans les ménageries de Hollande. Un peu moins grand que le faisan commun. Dessus de la tête fauve, nuancé de vert; deux traits blancs forment une espèce de sourcil sur chaque œil. Cou vert-foncé à reflets violets; collier blanc éclatant; haut du dos noir, avec zigzags blancs; poitrine d'un roux pourpré très-éclatant; cuisses et abdomen noirs; queue roux marron en dessus. Cet animal semble n'être qu'une variété du faisan commun. Il est très-répandu aujourd'hui dans nos parcs; il peuple à peu près seul les nombreuses faisanderies de la Bohême. Il se croise très-bien avec le commun et produit des métis féconds. Il n'exige pas d'autre traitement que le faisan commun.

La femelle pond, sans faire de nid, de 15 à 30 œufs ovoïdes d'un vert marron, plus foncés et plus petits que ceux de la faisane commune; ils mesurent 41 millim. sur 45; elle n'en couve guère plus de 15. Les petits, très-rustiques, se piquent moins que les faisandeaux communs.

Le faisan de l'Inde est farouche; c'est pourquoi beaucoup de chasseurs le préfèrent au commun. Il est facile à reconnaître au vol, grâce à son croupion bleu clair.

FAISAN DE MONGOLIE. Très-proche parent du commun, quoique un peu plus petit que lui. Cou bleu, collier blanc, croupion bleu pâle. C'est un oiseau rustique que les éleveurs estiment et répandent. Il fournira de beaux croisements avec le commun.

« En croisant le faisan de Mongolie avec la faisane commune, dit M. E. Leroy, aviculteur à Fisme (Marne), j'ai obtenu un très-joli faisan à collier aussi gros au moins que le commun, e très-facile à élever. »

« Je connais particulièrement le fai san de Mongolie que j'ai élevé et que j'é lève encore, dit le même aviculteur. I a sur le faisan de l'Inde l'avantage – précieux au point de vue de la chasse– d'être d'une sauvagerie excessive, c qui le rendrait difficile à surprendre pa le braconnier, le renard ou l'oiseau d proie. La femelle, qui est d'une fécon dité extraordinaire, est susceptible d pondre, en volière, jusqu'à soixante e quelques œufs... Elle pond une fois pa jour quelquefois, mais rarement, deux L'œuf est vert de mer légèremen bronzé.

« Les élèves que j'ai obtenus ont tra versé sans broncher, en volière e presque sans abri, les rigueurs excep tionnelles de l'hiver 1871-1872. Le len demain des nuits les plus froides, j les trouvais, à ma visite du matin, co verts de givre, mais gais et bien po tants.

« En pratiquant le repeuplement un première année en volière à l'aide se lement d'un coq et de deux faisanes, les années suivantes en lâchant dan une propriété gardée les élèves ain obtenus, à l'époque de la pariade, o arriverait en très-peu de temps à un reproduction considérable, et l'on e en droit d'espérer des résultats surpre nants avec un sujet d'une pareille fé condité et dont la vigilance n'est jama en défaut.

« En résumé, il est acquis pour mo par ce qui précède, que le faisan d Mongolie est un de ceux que l'expé rience appellera certainement à rem placer dans nos parcs et nos forêts faisan commun, et il ne me paraît pa douteux que, le jour où nous voudron sérieusement l'acclimater, qui e une chose facile, ce jour-là nous aurons e richi nos chasses d'un oiseau vigilan très-apte à se suffire à lui-même, d'u excellent reproducteur, d'un faisa splendide. »

FAISAN VERSICOLOR (du Japon). Vo sin du faisan commun, mais de moindr taille. Commence à se répandre dan nos parcs, non pas à l'état d'espèc pure, mais mélangée de sang du faisa commun ou du faisan de l'Inde. L'e pèce pure est assez rare, parce qu'el se reproduit mal, la femelle pondant beaucoup d'œufs clairs.

Masque rouge, large, ponctué de noir; tête verte, avec deux oreilles en arrière ; cou violet à reflets ; dos vert émaillé de brun; dessous d'un noir bleu; queue grise chevronnée de noir, œil jaune, pieds gris. La femelle est grise maillée de brun. Elle commence, du 15 au 20 avril, une ponte qui varie entre 20 et 30 œufs gris-verdâtre, ovoï-coniques, mesurant 38 millimètres de long. Les jeunes ne sont adultes et en état de bien reproduïre qu'à l'âge de 2 ans ; avant cet âge, ils fécondent mal. Ils prennent leurs couleurs un mois après le faisan commun.

FAISAN VÉNÉRÉ ou *Faisan Reeves* (du nord de la Chine). Importé en 1831 par M. Reeves, puis en 1867 par le docteur Lamprey.

Complétement acclimaté aujourd'hui et se reproduisant parfaitement dans la plupart de nos faisanderies. C'est un oiseau superbe et plein d'avenir s'il redevient aussi sauvage que notre faisan commun auquel on le préférera pour repeupler nos chasses.

Calotte blanche ; tour des yeux et de la tête noirs ; 2 colliers : l'un noir et celui du dessous blanc. Dos jaune ocreux maillé de brun, dessous jaune ocreux maillé de blanc ; queue splendide mesurant jusqu'à 1 m. 20 ; elle est d'un jaune pâle à chevrons blancs et noirs. Bec jaune pâle ; pattes grises.

La femelle est d'un brun pâle maillé de brun et de blanc. Son collier et ses sourcils sont jaunes, sa tête noire, son bec brun. Elle pond, du 25 mars au 15 avril, environ 16 ou 17 œufs, presque toujours fécondés, mesurant 45 millimètres et d'un vert bronzé.

Les petits prennent leurs couleurs dès la première année. Ils ne se piquent pas, mais ils sont batailleurs.

Le vénéré doit habiter une volière de 5 m. de long sur 1 m. 70 de large et 2 m. 50 de haut, que l'on partage en 2 parties égales par une cloison. A la partie inférieure de cette cloison, et près de l'une des portes d'entrée, une trappe, afin que les habitants puissent voyager d'une pièce à l'autre, et aussi afin qu'on puisse les séparer au besoin. L'une des deux pièces est sans perchoirs ; l'autre en est garnie et sert de chambre à coucher. Le parquet, composé de sable, de fumier sec, de râclures d'allées et de sarclures de plates-bandes, s'élève à 30 centim. au-dessus du sol. Enfin, la maison, sise à l'abri des vents de bise, regardera le sud ou le sud-est, de telle façon que nos jeunes locataires puissent, suivant leurs désirs, étendre leurs ailes aux rayons du soleil ou se mettre à l'ombre contre les rigueurs d'une trop grande chaleur. A l'intérieur et en avant de l'une des pièces, on plantera et on entretiendra quelques arbustes verts. C'est derrière cette palissade que s'accompliront plus tard les mystères du ménage.

La chose essentielle est de bien nourrir les faisans. Le blé noir et la verdure feront le fond de la nourriture des reproducteurs ; on y joindra les aliments ordinaires et, si l'on peut, des mulots ou des souris coupés en deux.

Dès le 15 février jusqu'à la fin de la ponte, on ajoute au confortable un extra composé de mie de pain et d'œufs durs auxquels on mêle une pincée de chenevis.

Chaque fois que la femelle se dispose à pondre, on l'isole dans le compartiment sans perchoir et on l'y met encore pendant la nuit ; de cette façon, le mâle ne brise pas les œufs et la femelle ne peut pondre du haut du perchoir, ce qui lui arrive quelquefois pendant la nuit.

On ne laissera pas vieillir les œufs plus de 12 à 15 jours et on les fera couver par une petite poule, dans une chambre bien sèche, bien close et préservée des effets de l'orage par une fenêtre vitrée. On visite les couveuses toutes les 3 ou 4 heures sans rien déranger.

Il est bon d'avoir en même temps plusieurs couveuses pour remplacer les malades ou celles qui quittent le nid.

Surveiller le moment de l'éclosion, mais laisser faire la nature et ne pas se hâter de sortir les petits dès que l'œuf est *béché* ; le petit n'est pas toujours mûr. Si la couveuse tentait de tuer les petits, il faudrait les changer aussitôt de mère.

24 heures après la naissance, les petits ont besoin de nourriture ; on leur donne : mie de pain et œufs durs hachés très-menu et mêlés ensemble ; jeunes laitues, eau claire dans un vase très-

bas et non verni; user sobrement des œufs de fourmis.

Deux jours plus tard, si le temps est convenable, on met la mère et les petits en liberté dans un lieu semé de verdure, où ils feront la chasse aux insectes.

Avant que les faisandeaux puissent faire usage de leurs ailes, on les mettra, avec leur mère, dans un parquet à élevage, sur un espace bien garni de gazon, de laitues et de jeunes plants de choux. Une boîte communiquant avec

nourriture solide : blé noir, mil, petit blé (peu ou point de chenevis); toutefois on continuera la mie de pain et les œufs durs jusqu'après l'époque critique de la seconde mue.

Cette méthode d'élevage s'applique au Vénéré, à l'Argenté, au Swinhoe, l'Oreillard et même au Versicolor. Quant au Doré et au Lady Amherst, il leur faut des œufs de fourmis, au moins 2 fois par jour, et comme ils sont très sensibles au froid, on ne les sortira pas trop matin et on évitera l'humidité.

Faisan d'Elliot et sa Femelle.

le parquet au moyen d'une petite trappe servira d'abri à la famille pendant la nuit ou pendant les mauvais temps.

On placera dans le parquet un ou plusieurs petits tas de branches vertes pour servir de refuge aux faisandeaux les plus faibles que leurs frères battent et poursuivent à outrance.

À l'âge de 4 ou 5 semaines, la mère et les petits seront transportés dans la volière ou dans un parquet de 5 à 6 m. de surface; on n'oubliera pas le refuge de branches vertes.

On aura dû déjà offrir aux élèves une

(*Résumé* d'un excellent article que M. Daviau, membre de la Société d'acclimatation, a publié dans le journal l'*Acclimatation*, du 5 septembre 1874).

On peut calculer que la France possède déjà (1875) plus de 500 faisans vénérés élevés dans notre pays; c'est donc une conquête assurée, non-seulement pour nos volières, mais aussi pour nos chasses. Plus gros que le commun, il lui sera peut-être préféré.

FAISAN D'ELLIOT (De Chine). Magnifique oiseau décrit en 1871 par M. Swinhoe, et représenté jusqu'à ce jour dans nos collections par deux exemplaires en peau. Un mâle a été importé tout récemment par M. l'abbé David.

Taille de notre faisan commun, avec des formes plus sveltes; plumage agréablement varié de roux mordoré, émaillé d'une teinte plus foncée ou de verdâtre et de blanc; tête gris-brun, avec une li- tache blanche précédée d'un demi-anneau noir; lombes noires, maillées de blanc; queue grise, avec bandes transversales brun-marron, liserées de noir en avant.

FAISAN DE SŒMMERING ou *faisan cuivré* (Du Japon). Importé en 1864 par M. Reginal Russel. Joues rouges à crois-

ŒUFS DE FAISANS.

1. Œuf de Wallich et de Doré. — 2. Œuf de Faisan commun et de Faisan bleu.

gne blanche au-dessus des tempes, et les côtés blancs, large collier blanc, interrompu; sur la gorge, par une tache noire, qui descend, en se rétrécissant jusqu'à la poitrine; ventre blanc; plumes du flanc grises, avec une large bordure blanche séparée du gris par un filet noir; rémiges secondaires terminées par une sant blanc; plumage rouge pourpré bordé de noir, et plus foncé en dessus qu'en dessous.

Queue superbe, livrée sombre et splendide.

Femelle plus rousse et plus terne; œufs ovoïdes, d'un blanc pur et de 5 centimètres.

FAISAN SCINTILLANT (De Nangasaki). Semble n'être qu'une variété du précédent, auquel il ressemble, si ce n'est une bordure de plumes blanchâtres, qui moirent agréablement ses flancs.

Comme ces deux espèces (Sœmmering et scintillant) sont plus farouches que le versicolor et le vénéré, ils sont appelés à un meilleur avenir, au point de vue de la chasse. Leurs petits sont rustiques et s'élèvent comme ceux du faisan commun, avec lequel ils forment de bons croisements; ils pourront donc vivre ensemble dans nos bois.

FAISAN DE WALLICH ou *Cheer* (du Népaul), répandu dans les faisanderies; belle et forte race à tête grise un peu huppée, à ventre brun; à collier gris, avec dessus jaune émaillé de brun; à croupion et cuisses jaune-vif. Le bec est couleur de corne et l'œil entouré de rouge. Sur les ailes, dont les rectrices sont gris-jaune, courent des bandes noires et brunes. Taille du faisan vénéré.

Femelle plus terne, pondant des œufs de 55 millim.; ovoïdes, gris jaune, tachetés de roux au petit bout.

C'est une race délicate que l'on n'a pas encore pu utiliser pour la chasse. Les petits s'élèvent bien jusqu'à 5 mois; mais ils dépassent difficilement cet âge.

2° NYCTÉMÈRES.

Il n'y a qu'une seule espèce : le *faisan argenté*, qui forme la transition entre le groupe des *faisans* et celui des *houppifères*. Il s'allie bien avec ces derniers et donne des métis féconds.

FAISAN ARGENTÉ ou *Bicolor* (de la Chine). Faisan noir et blanc, facile à apprivoiser; se rapproche beaucoup de notre coq domestique. Le mâle a les joues revêtues d'une peau épaisse, couverte de petites barbules; une huppe longue, noir-pourpre et retombant en arrière; le corps, les ailes et la queue fond blanc éclatant, traversé obliquement par des traits noirs d'une grande finesse; le devant du cou et le dessous du corps noir-pourpre; le bec jaunâtre; l'iris des yeux d'un jaune-rougeâtre; les pieds d'un beau rouge de laque; les ergots longs, blancs et acérés.

La femelle, plus petite, porte une queue voûtée, sans longues plumes, comme celles du mâle. Tête brune, corps brun terreux; ventre brun sale.

Le mariage a lieu vers la fin de mars; l'incubation est de 26 jours; la ponte est de 8 à 14 œufs, roux jaunâtres, avec de petits points blancs; 55 millimètres. Il faut surveiller la ponte, parce que la faisane est sujette à manger ses œufs. Acclimaté depuis longtemps, ce faisan se reproduit très-bien chez nous et peuplerait déjà toutes nos forêts, si la blancheur éclatante de sa livrée n'attirait trop facilement les regards des braconniers et des oiseaux rapaces.

Les jeunes coqs sont nuancés de noir sous la gorge. Ce faisan donne des métis inféconds avec les faisans qui précèdent; tandis qu'il produit des métis féconds avec les euplocomes qui suivent.

« Le croisement de chacun de ces faisans avec l'argenté est susceptible de donner des métis d'un plumage original, noir, vermiculé de blanc, à l'inverse du coq argenté dont le plumage est blanc vermiculé de noir: mais à la génération suivante, les couleurs commencent à s'altérer. »   (E. LEROY).

La faisane argentée est susceptible de couver en volière; mais il est prudent de retirer le mâle.

3° HOUPPIFÈRES.

Ces oiseaux, classés dans un genre à part, d'après le système de Cuvier, sont aujourd'hui compris dans les faisans proprement dits. Ils doivent leur nom à des plumes qui se redressent et forment une aigrette analogue à celle des paons.

Voici quelles sont les espèces connues jusqu'à ce jour.

HOUPPIFÈRE DE SWINHOE (de Formose), introduit en France vers 1869 et se reproduisant très-bien dans nos faisanderies. Il est remarquable par le blanc éclatant des grandes plumes de sa queue, de sa huppe et de la partie postérieure de son cou. Ses épaules sont blanches accompagnées d'un brun vif; son corps, d'un bleu métallique, varié de vert et de rouge sur les ailes; son masque et ses pattes sont rouges.

La femelle, brune maillée de jaune, a l'œil entouré de rouge et la queue lie de vin. Elle pond, vers la fin de mars, des œufs de 55 millimètres, ovoïdes, gris-rouge, finement pointillés de blanc. Les petits sont très-rustiques. Ce faisan rivalise avec l'argenté pour la délicatesse de sa chair.

FAISAN NOIR ou *Houppifère de Cuvier* (de l'Himalaya.) Belle espèce qui se marie bien avec l'argenté. Le faisan noir est rustique et fécond dès la première année. Il est cependant peu répandu. Son corps et sa huppe sont d'un noir bleuâtre ; son croupion est blanc ; la femelle, également huppée est brun-marron avec la queue rousse. Elle pond des œufs ovoïdes, d'un blanc jaunâtre, de 48 millimètres de long.

HOUPPIFÈRE MÉLANOTE (de l'Himalaya), autre bonne espèce de très-forte taille, rustique, féconde, pouvant reproduire au bout d'un an et s'alliant à l'argenté. Le mâle est noir ; mais les plumes de sa poitrine sont barbelées de blanc ; il porte une mince huppe. La femelle, d'un brun noir, a les plumes bordées de blanc pur et la queue bleuâtre.

HOUPPIFÈRE A HUPPE BLANCHE, *Houppifère Leucomèle* (du Népaul) espèce rustique et recommandable. Coq noir, à plumes barbelées de blanc sur la poitrine ; à croupion blanc et huppe blanche en arrière ; femelle gris cendré.

FAISAN NOBLE (de Bornéo). Espèce rustique et de forte taille qui se rapproche assez de l'espèce précédente, avec laquelle les alliances sont même faciles. C'est un bel oiseau d'un noir-bleu, avec la queue et la poitrine d'un jaune marron ; la face est nue, les joues bleues et la huppe noire.

FAISAN PRÉLAT, *Houppifère bleu* (*Euplocomus Diardi*) (de Siam) introduit en Europe en 1862. Cette admirable espèce se reproduit assez bien chez nous quoique encore délicate et imparfaitement acclimatée. C'est un des plus beaux faisans. Sa taille est énorme ; sa face est couverte d'un masque rouge foncé, sa tête est surmontée d'une belle aigrette noire ; son cou, ses ailes et son dos sont gris-perle avec un peu de jaune orange entre les ailes et des taches noires bordées de gris-blanc sur les couvertures des ailes ; le ventre et la queue sont noirs, les pattes et l'œil rouge, le bec couleur de corne. La femelle, grise sur le dos, noire sur les ailes et rousse sur le reste du corps, est partout zébrée de blanc. Elle pond des œufs ovoïdes, gris-perle au petit bout, longs de 5 centimètres. Les jeunes n'ont complétement revêtu leurs couleurs qu'au bout de deux ans.

FAISAN ACOME, *euplocomus erythrophthalmus* (de Sumatra), introduit en Europe vers 1864, se trouve au Jardin d'Acclimatation de Paris, qui en possède plusieurs exemplaires.

FAISAN DE REYNAUD (de Birmanie). Euplocome de petite taille ; il se reproduit assez bien en Europe. Sa tête, à masque rouge, est surmontée d'une huppe noire ; de délicates lignes noires, moirent sinueusement son dos gris et le dessous de sa queue blanche ; sa poitrine et son ventre sont noirs. La femelle, d'un roux jaunâtre, porte une huppe grise et des ailes blanches. Ses œufs ovoïdes, sont gris rouge et mesurent 47 millim. de long.

FAISAN DE VIEILLOT ou *à dos de feu* (de Sumatra). Houppifère de forte taille, à plumage marron foncé en dessus ; maillé de blanc sur les flancs ; blanc sur la queue, noir-brun en dessous ; rouge vif sur le croupion. La face est bleue, l'œil noir, la huppe verte et marron, à reflets.

La femelle est brun foncé.

Parmi les autres euplocomes, nous citerons : le *faisan couleur de feu*, de Bornéo ; le *faisan de Horsfield*, des Indes-Orientales ; et le *faisan masque de feu*.

4° THAUMALÈS.

Le type de ce groupe est le splendide

FAISAN DORÉ ou *faisan tricolore* (de la Chine), importé vers 1750.

Dessus de la tête couvert de plumes à barbes déliées, d'un beau jaune ; petites plumes livides, clairsemées sur les joues. Sur les côtés du cou, mantelet ou camail orange vif, taillé carrément et rayé transversalement de noir. Nuque vert-doré, avec une bande noire au bout des plumes ; dos et croupion d'un jaune très-vif ; couvertures supérieures de la queue de même couleur et terminées de rouge ponceau ; gorge roux-fauve ; dessous du corps écarlate. Scapulaires bleu foncé à reflets violets ; rémiges brunes ; pennes de la queue évasées en gouttière renversée et marbrées de marron et de noir, iris des yeux jaune éclatant ; bec et pieds jaune clair, tarse éperonné.

Femelle plus petite que le mâle ; généralement roussâtre.

Cette espèce aime surtout le riz, le chènevis, le froment ou l'orge, le chou rouge, l'herbe, le feuillage, les fruits (prunes, poires, etc.), les insectes. Faute d'insectes, elle devient sujette à beaucoup de maladies.

Le faisan doré, importé de Chine vers 1750, est depuis longtemps conservé à l'état tout à fait sauvage dans les parcs et bientôt il sera complètement naturalisé.

La faisane dorée pond plutôt que la faisane commune (quelquefois dès le mois de mars). Elle est peu sujette à casser ses œufs, qui ressemblent à ceux de la pintade. Ils sont ovoï-coniques, de couleur café au lait clair, gros comme ceux des pigeons, à coquille dure.

Le faisan doré, le plus éclatant de nos faisans, forme ainsi un type à part (type du genre thaumalé) ; il ne reproduit de métis féconds ni avec l'argenté, ni avec le commun, et l'incubation dure 23 jours au lieu de 26.

Le mâle est gros comme la bartavelle ; il s'accouple avec la poule domestique et donne des métis généralement stériles et plus remarquables par la délicatesse de leur chair que par l'éclat de leurs couleurs. On en connaît deux variétés : le *charbonnier* et l'*isabelle*.

Il ne faut pas donner au coq plus de 2 ou 3 femelles, sinon les œufs ne seraient pas tous fécondés. Le doré prend quelquefois de violentes colères contre sa femelle et la tue ; il faut s'empresser de se débarrasser de ce féroce époux, dût-on le tuer à son tour. Car un coq qui une fois a égorgé sa femelle en tuera ensuite autant qu'on lui en donnera. Pour éviter ces malheurs, il est bon de placer, en haut de la volière, de petites planches en forme d'étagère ; la femelle menacée s'y réfugiera. Ou bien on séparera les époux en ne les réunissant qu'une heure ou deux chaque matin.

Quelques éleveurs rognent jusqu'au sang le bec du mari brutal qui, ainsi désarmé, ne peut porter que des coups peu dangereux.

La première année, les jeunes dorés portent un plumage gris jaunâtre, rayé transversalement de brun ; la seconde, les mâles commencent à devenir plus foncés que les femelles ; mais ce n'est qu'à la troisième année que le mâle se revêt de son brillant plumage.

Comme l'élevage des faisandeaux dorés présente quelque difficulté, nous empruntons la note suivante que M. Cousin de Saint-Prix a inséré dans l'excellente *Notice sur l'acclimatation des oiseaux*, de M. A. Mercier :

« Pendant les 3 premiers jours, œufs durs et mie de pain mélangés par moitié, et 3 fois par jour, deux gouttes de vin de Bordeaux sucré à chaque élève. Après les 3 premiers jours, je donne des œufs de fourmis en assez grande

OEuf de Lophophore.

quantité, en éloignant, autant que possible, les fourmis qui piquent les petits faisandeaux et les font souffrir. J'ajoute aux œufs et à la mie de pain un dixième de chènevis écrasé, de la salade hachée très-menu ; j'alterne ensuite le vin et l'eau, c'est-à-dire que je diminue le vin quand je vois augmenter les forces de mes élèves.

« A 3 ou 4 semaines, je commence à ajouter un peu de millet et à diminuer les œufs durs insensiblement pour finir par ne plus en donner après 5 ou 6 semaines ; je supprime aussi progressivement les œufs de fourmis, et finalement, à 6 ou 7 semaines, ils ne mangent plus que de la mie de pain avec la salade hachée, le chènevis écrasé et le millet. Lorsque je vois un jeune sujet plus délicat, je lui administre du vin sucré ; c'est un remède souverain. La faiblesse indique un acheminement vers la mort, et sans le secours d'un aliment tonique, la faisanderie est bientôt diminuée. »

Le doré a la réputation de craindre le froid ; cependant, il vit très-bien dans les parcs de Hollande, où le thermomètre descend quelquefois à — 15° et même — 20°. Il est probable que le

que l'on obtient en croisant les femelles avec le mâle doré, ne le cèdent en beauté ni à la race de leur père, ni à celle de leur mère ; aussi deviennent-ils communs.

5° CROSSOPTILONS.

On connaît en Europe deux espèces de ce groupe, savoir :

Le FAISAN HO-KI (*Crossoptilon auritum*) (du Thibet), importé vers 1868 et déjà acclimaté. C'est une belle acquisition

Tragopan cornu.

doré craint les courants d'air qui règnent dans les volières, plutôt que le froid. On doit éviter surtout d'établir les volières sous de grands arbres.

FAISAN DE LADY AMHERST (de l'Indo-Chine), splendide thaumalé, introduit plusieurs fois en Europe et principalement en 1867. Tête verte à huppe rouge, collerette blanche bordée de noir. Cou et camail noirs et vert-rillant ; dos jaune, croupion rouge, ventre blanc, dessus des ailes bleues ; queue très-large. Très-rare à l'état pur dans nos faisanderies, ce thaumalé tend à disparaître ; mais les métis magnifiques

pour nos basse-cours plutôt que pour nos faisanderies, car il vit mieux avec la volaille que dans la volière. D'un naturel peu farouche, il ne fuit pas la présence de l'homme comme font presque tous les autres faisans ; il se familiarise même.

C'est, du reste, un joli oiseau noir et gris, avec une queue panachée de blanc et de noir à l'extrémité. Un faux-col blanc, formant deux cornes en arrière, lui donne un aspect assez singulier.

Les jeunes s'élèvent absolument comme les dindonneaux ; devenus adultes, ils sont très-robustes et ne redoutent ni le froid ni le chaud. Introduits dans les jardins, ils n'y laissent pas un insecte ;

Et le FAISAN OREILLARD BLEU (*Crossoptilon cœrulescens*), originaire du Mou-Pin (Chine). Il n'est pas venu vivant en Europe. Le Muséum d'histoire naturelle, à Paris, en possède quelques exemplaires.

DE LA FAISANDERIE.

Nous avons fait connaissance avec la *plupart* des oiseaux qui peuvent être reçus [dans la *faisanderie*. Nous disons la *plupart* en raison des exclusions que nous avons dû faire. Le domaine du faisandier s'étend au delà des limites assignées par la nature aux *vrais gallinacés*. Ordinairement, il se livre à l'élevage des pigeons, des perdrix, des colins, des francolins, etc. Mais nous avons voulu ne nous occuper que des gallinacés qui se rapprochent le plus du faisan, réservant les autres oiseaux pour des brochures qui viendront plus tard.

Donc, la connaissance est faite avec les animaux susceptibles d'entrer dans nos volières ; nous avons étudié leurs mœurs et décrit les principaux caractères qui les distinguent. Pour plus d'exactitude, nous les avons fait représenter par des dessins, d'après les *Illustrations zoologiques* mises à notre disposition par M. E. Deyrolle fils, éditeur de cette magnifique publication artistique et scientifique. Il ne manque à nos gravures que les *couleurs* si abondamment répandues dans les *Illustrations zoologiques* qui nous ont servi de modèle; mais nous y avons suppléé, autant que possible, dans notre texte.

Maintenant, il faut nous occuper de la manière d'élever ces oiseaux, de les faire prospérer et reproduire en captivité ; il faut décrire les procédés employés par les meilleurs éleveurs.

Notre but est de vulgariser les bonnes méthodes, c'est-à-dire les méthodes les plus simples ; car la science ne doit plus rester un secret ; le faisandier d'aujourd'hui ne fait plus un mystère de ses procédés ; il les divulgue chaque jour, dans le *Bulletin de la société d'acclimation*, dans le journal l'*Acclimatation* et dans les autres publications qui se sont vouées au progrès des sciences

naturelles. Les méthodes ont été tellement simplifiées qu'il est à peine plus difficile d'élever des faisans que d'élever des poulets. Mais les bénéfices sont bien plus considérables, en raison même de la haute valeur du faisan, surtout du faisan d'espèces nouvellement importées chez nous.

Nous appelons *faisanderie* l'ensemble de l'outillage nécessaire au faisandier: boîtes à incubation, parquets, volières. Cet outillage n'est pas très-compliqué, ni très-coûteux ; car ce n'est plus guère que dans les châteaux princiers qu'on entretient des faisanderies dispendieuses, où l'on ne réussit pas toujours mieux qu'ailleurs.

La faisanderie d'un modeste éleveur peut se composer d'un simple jardin bien clos; et, comme le dit si bien M. de la Blanchère, dans son *Manuel pratique d'Acclimatation*: l'installation coûte la somme dont on dispose. On peut toujours aller du simple au coûteux et commencer petitement pour s'agrandir ensuite. Il faut avant tout être clos. C'est là une des plus grandes dépenses, car il n'existe certainement pas de gibier qui ait autant d'ennemis que le faisan.

« Un carré de 25 hectares, clos de tous les côtés, coûte généralement 4,000 fr., soit 2 fr. par mètre carré ou 160 fr. par hectare.

« Plus l'enceinte est vaste, moins l'entourage est dispendieux, et l'on fait de bien plus grandes économies en élevant 600 faisans, qu'en se bornant à en élever 100 ou 150, parce que les soins à donner sont absolument les mêmes.

« Malheureusement un tel espace est un véritable parc et ne se trouve point à la disposition du plus grand nombre des éleveurs, qui ne songent guère à laisser leurs faisans à l'état sauvage, ainsi que nous venons de le dire et qui préfèrent les élever en captivité.

« En Allemagne, où les faisanderies sont établies sur une vaste échelle, on compte pour un élevage de 500 faisans, un terrain de 8 hectares 40 ares. Mais en France, où le sol est plus cher, un enclos de 2 hec. 1/2 suffit. On ne laisse plus alors les faisans à l'état complet de liberté; on les place dans des *parquets*. »

Quelques poules couveuses, une ou deux boîtes à incubation (au besoin une couveuse artificielle), des parquets et une volière, le tout installé dans une enceinte entourée de murs, voilà donc plus qu'il n'en faut pour commencer. Le petit éleveur n'en a pas toujours autant à ses débuts et cela ne l'empêche pas de réussir ; il fait couver les œufs dans un panier, à défaut de boîte ; il élève ses jeunes faisans dans une vaste cage à défaut de parquets ; mais comme il ne peut opérer en grand, comme son but est de s'agrandir le plus vite possible, ce n'est pas lui que nous devons prendre pour modèle.

Dans cet article, nous allons supposer un éleveur décidé à faire quelques dépenses ; d'après les procédés que nous indiquerons, le très-petit éleveur comprendra parfaitement quelles modifications il faut y apporter pour les simplifier ; le très-grand éleveur n'aura pas plus de difficultés pour les développer sur une plus vaste échelle.

Dans notre travail, nous n'allons pas suivre la marche généralement admise et qui consiste à donner d'abord la description des appareils nécessaires au faisandier, pour s'occuper ensuite des procédés d'élevage. Il nous a semblé qu'il serait plus simple et plus clair de ne nous occuper de chaque appareil qu'au fur et à mesure que nous en aurons besoin.

Nous prendrons donc le faisan à l'état d'embryon ; c'est-à-dire dans l'œuf. Nous décrirons les appareils et les procédés d'incubation ; puis, nous passerons à l'élevage et, à mesure que nous avancerons dans notre travail, nous ferons connaître l'outillage qui nous est nécessaire.

DE L'ŒUF. L'œuf fécondé se compose de quatre parties principales. Il y a d'abord l'*embryon*. C'est l'animal, à l'état microscopique encore, mais qui se développera lentement sous l'influence d'une chaleur humide qui doit être d'au moins 35 degrés et qui ne doit, en aucune circonstance, dépasser 40 degrés. Avant l'incubation, l'animal ne possède encore que les organes les plus essentiels de l'existence ; on pourrait le comparer à un petit têtard de grenouille qui nagerait sur le jaune de l'œuf, où il forme un cercle blanchâtre.

Le jaune et le blanc constituent deux autres parties distinctes. C'est la provision d'aliments dont le petit aura besoin pendant sa réclusion.

Enfin, la 4e partie est la *coquille*, enveloppe calcaire qui met les autres parties à l'abri des accidents extérieurs ; c'est à la fois la maison et le garde-manger du jeune animal, avant qu'il ait acquis assez de force pour supporter l'influence du grand air. Cependant, par les pores de cette maison, l'animal reçoit l'air nécessaire à sa respiration. Entre la coquille et le blanc, s'étend une enveloppe mince et transparente destinée à contenir l'œuf lorsque la mère, n'ayant pas absorbé assez de matières calcaires avant la ponte, ne peut fournir de coquille.

Le jaune est lui-même maintenu par une autre enveloppe encore plus mince et plus transparente.

Tel est l'œuf fécondé ; l'œuf· *clair*, c'est-à-dire non fécondé, se compose des mêmes éléments sauf un, qui est le principal : l'embryon.

Œufs sans coquille. L'œuf sans coquille se trouve dans une situation anormale ; il ne saurait être mis sous une couveuse, en raison de la faiblesse de son enveloppe qui l'exposerait à être écrasé.

Voici, d'après M. E. Leroy, un procédé simple et facile, grâce auquel les femelles peuvent absorber, dans leur volière, le calcaire nécessaire à la formation des coquilles. Ce procédé offre un autre avantage : c'est celui de donner plus de solidité aux œufs de faisane, œufs qui ont, en général, le défaut d'être enveloppés par une coquille mince et fragile.

« Vous faites dissoudre dans de l'eau une certaine quantité de sel de nitre, de façon à ce que cette eau en soit saturée ; puis vous délayez du plâtre dans ce mélange et vous en formez de petites boules de la grosseur du poing que vous faites sécher. Vous disposez une de ces boules dans chacun de vos compartiments, et vos faisans ne tardent pas à la grignoter, excités par l'attrait du sel. De cette façon, vos faisanes absorbent une quantité suffisante de matière calcaire qui sert à la formation et à la consolidation de la coquille de leurs œufs. »

Achat des œufs. Les personnes qui ne possèdent pas de reproducteurs et qui se voient, par conséquent, dans la nécessité d'acheter des œufs, doivent le faire avec une certaine circonspection.

On ne saurait trop leur recommander de s'adresser de préférence à des éleveurs en grand, dont le débit courant est assez considérable pour qu'ils puissent délivrer des œufs de date assez récente. Les éleveurs sérieux inscrivent sur chaque œuf la date de la ponte ; de sorte qu'il est facile de savoir si l'œuf est encore bon.

Lorsqu'on s'adresse, au contraire, à des vendeurs qui ne sont pas en état de

alors, on peut les glisser sous une poule couveuse ; ou bien, si l'on n'en a pas à sa disposition, il faut, avant que les œufs aient le temps de refroidir, avoir recours à *l'incubation artificielle* dont nous parlerons plus loin. Les couveuses artificielles, qui réussissent mal à faire éclore des œufs non encore couvés, offrent, au contraire, le précieux avantage d'amener à bien ceux qui ont déjà subi un commencement d'incubation.

Mais le cas où l'on a *déniché un nid* de faisans est rare ; encore plus rare est

Faisan versicolor.

répondre de ce qu'ils vendent, on s'expose à avoir des œufs non fécondés, ou vieillis, ou qui ont été déjà couvés. Ce dernier cas est plus fréquent que l'on ne croit, parce que les braconniers répandent dans le commerce des œufs qu'ils ont trouvés dans les bois et qui ont déjà subi un commencement d'incubation.

Les œufs couvés sont mauvais dès qu'on leur a donné le temps de refroidir. On ne doit donc employer que ceux que le hasard met entre nos mains avant leur complet refroidissement, et

celui où l'on a pu employer les œufs encore chauds. Il faut donc songer à en acheter.

Le producteur d'œufs le plus connu est, sans contredit, le Jardin d'Acclimatation de Paris. En s'adressant à lui, on a toutes les chances désirables de recevoir des œufs bien fécondés, pas trop anciens, et bien emballés, ce qui est une condition indispensable.

On pourrait aussi, avant la ponte, vers le mois de mars, par exemple, adresser une demande à M. Deyrolle, 23, rue de la Monnaie, à Paris. Cette demande sera aussitôt insérée gratuitedans son journal l'*Acclimatation*, qui est aujourd'hui reçu par tous les éleveurs s'occupant sérieusement de la propagation des bonnes espèces. On se trouvera mis ainsi en relation directe avec un producteur ayant plus d'œufs qu'il n'en veut faire couver ; il est même probable que plusieurs producteurs feront leurs offres de services et que l'on pourra choisir.

On pourra encore, à la même époque, demander des œufs à M. E. Leroy, avi-

germe a de chances de se développer.

Lorsqu'on laisse dans le nid les œufs pendant tout le temps de la ponte, ils conservent leur principe de vie aussi longtemps que dure cette ponte. Mais lorsqu'on les enlève à mesure que la femelle les dépose dans le nid, on les place dans des conditions anormales, parce que le temps passé par la mère sur son nid, chaque jour, lors de la ponte et même en dehors de la ponte, communique aux œufs une propriété qui les rajeunit, pour ainsi dire. Il en résulte

Faisan oreillard bleu.

culteur à Fismes (Marne) ; il annonce, dans son livre l'*Aviculture*, auquel nous ferons de nombreux emprunts dans le cours de notre travail, il annonce, disons-nous, qu'il tient, à la disposition des amateurs, des œufs et des élèves, jusqu'à concurrence de la quantité dont il pourra disposer.

Conservation des œufs. Les œufs destinés à l'incubation ne sauraient être conservés indéfiniment.

Au contraire, plus on laisse écouler de temps entre le moment de la ponte et celui de l'incubation et moins le

que les œufs enlevés du pondoir sont plus susceptibles que les autres de s'altérer ; ils se conservent moins longtemps, par conséquent.

Il serait donc imprudent de conserver les œufs de faisane aussi longtemps que dure la ponte ; on a même constaté qu'au delà de 15 jours d'attente, quelques œufs ont perdu leur vitalité ; passé le 25e jours 5 germes sur 10 sont morts. On voit donc quel puissant intérêt doit pousser l'éleveur à n'employer que des œufs fraîchement pondus et à posséder, par conséquent, des couveuses pendant tout le temps de la ponte, dût-il avoir recours aux *couveuses artificielles*.

Une autre observation se rapporte à la température ; le germe s'altérant, lorsqu'elle est trop élevée, on doit conserver les œufs dans un endroit frais.

Voici du reste, comment on doit procéder, en attendant l'incubation. On les gardera dans un endroit froid et obscur (cave ou cellier), en les plaçant sur le petit bout dans une boîte pleine de son et couverte d'une toile métallique, pour empêcher les rats de les dévorer. On recommande aussi, avec raison, d'inscrire sur chaque œuf la date de sa venue, pour les reconnaître ensuite.

Emballage, transport et déballage des œufs. Les œufs destinés à voyager seront, le plus tôt possible après la ponte, placés dans une boîte à demi pleine de son. On les espacera à un centimètre les uns des autres, et on les établira debout sur leur plus petite extrémité. Ensuite, on versera entre eux du son que l'on tassera légèrement. On peut ainsi établir plusieurs couches alternatives d'œufs et de son.

Si le voyage doit durer plus de 3 ou 4 jours, on placera cette première boîte dans une seconde et on emplira l'intervalle de mousse sèche afin d'écarter la chaleur. Cette manière est celle du Jardin d'Acclimatation et nous la croyons de nature à être imitée. Le couvercle des boîtes est maintenu à l'aide de clous ou de vis. Toute boîte étant exactement emplie, il ne saurait y avoir de ballottement. Sur le couvercle, on inscrit le nom du destinataire, qu'une lettre préalable doit informer que l'expédition lui est faite. Le destinataire ne laissera point à des camionneurs le soin d'apporter ce colis ; il se rendra lui-même à la gare du chemin de fer et pourra seul prendre les précautions désirables. Il évitera de cahoter la boîte ou de la laisser au soleil pendant le trajet ; si ce transport s'effectue en voiture, il attachera une ficelle ou une courroie à la boîte et, par ce moyen, pourra tenir celle-ci suspendue à la main pendant tout le temps que durera le voyage.

A l'arrivée, il ouvrira la boîte, dans un endroit frais et y laissera les œufs prendre l'air pendant 24 heures avant de les confier à la couveuse.

Sexe de l'œuf. Il est douteux que l'on puisse reconnaître le sexe de l'oiseau qui va naître ; cependant M. E. Leroy, nous indique deux procédés, d'un succès probable.

1re *manière.* « L'œuf de forme allongée, dit-il, et présentant à ses pôles une certaine acuité, devra produire un sujet mâle. Si l'œuf est de forme arrondie, et si son extrémité est grosse et mousse, il est à présumer qu'il en naîtra un sujet femelle.

2e *manière.* « Placez l'œuf à la lumière, en le tenant de la main droite par le bout pointu, tandis que vous étendez la gauche au-dessus du gros bout ; vous apercevez sous votre main gauche, entre la membrane qui tapisse l'intérieur de l'œuf et la coquille, un espace vide qui est destiné à la respiration de l'embryon. Si cet espace vide est placé au centre, l'œuf contient en germe, un oiseau mâle ; si l'espace vide est incliné, c'est un oiseau femelle qui doit naître. »

Mirage des œufs. Il est de la plus haute importance de savoir si les œufs que l'on met couver sont fécondés ou non. Pour cela on pratique le *mirage*. C'est ordinairement après une semaine d'incubation qu'a lieu cette opération.

« Pour mirer un œuf, dit Mme Millet-Robinet, on le saisit avec la main droite, on le présente devant la lumière, et on pose la main gauche au-dessus de l'œuf, de manière à faire ombre autour de lui et que la lumière le traverse ; lorsqu'on aperçoit un point obscur au gros bout, l'œuf est bon. Après quinze jours de couvée, l'œuf est à moitié obscur.

« On peut aussi, au bout de 15 jours d'incubation, mettre les œufs dans l'eau tiède ou dans de l'eau au degré de la température extérieure s'il fait très-chaud ; cette dernière immersion est très-favorable à l'incubation. Les œufs qui contiennent des poussins vivants surnagent et s'agitent sensiblement ; les autres restent immobiles et tombent au fond de l'eau. On secoue ces derniers vivement et, si on entend le bruit d'un liquide qui ballotte, ce qui confirme la première observation, on en conclut que l'œuf est mauvais.

« On profite, pour mirer les œufs, du moment où la couveuse quitte son nid pour aller manger, mais il ne faut jamais toucher aux œufs sous aucun autre prétexte. La couveuse sait très-bien les retourner et les changer de place afin que l'incubation soit bien régulière. En y touchant, on risquerait de détruire ce que son instinct l'a porté à faire. »

Nous n'avons rien à ajouter à ces observations, sinon qu'il est bon pour opérer le mirage, de fermer portes et volets afin d'obtenir une obscurité complète. Alors on mire les œufs à la lueur d'une chandelle ou d'une lampe. On peut encore les mirer dans un rayon de lumière solaire projeté à travers l'entrebaîllement d'une porte ou d'un volet.

Les Anglais ont inventé, pour le mirage des œufs, un petit appareil appelé *mégascope*. On place l'œuf dans une chambre obscure formée par l'appareil, et cet œuf devient translucide au point que l'on peut, quand même il n'aurait pas encore été couvé, distinguer sur le jaune, une petite cicatrice entourée d'un cercle blanc dans lequel flotte une matière fluide qui contient le germe du poulet.

En attendant que cet appareil perfectionné soit répandu chez nous, M. E. Leroy décrit un instrument qui peut servir pour le mirage d'œufs déjà couvés.

« Il consiste, dit-il, dans une petite boîte en fer-blanc, de forme ronde, formant chambre obscure à l'intérieur, où se trouve une glace réflecteur inclinée à 45 degrés. A la partie supérieure est ménagée une ouverture ronde destinée à maintenir l'œuf, et sur le côté, un orifice par lequel plonge le regard de l'observateur. L'œuf, étant placé dans un rayon de lumière, se réfléchit sur la glace et il est facile de se rendre compte de sa transparence ou de son opacité. »

DE L'INCUBATION. Comme on est toujours pressé de faire couver les œufs, on les glisse ordinairement sous une poule qui demande à couver, ou qui a déjà commencé une incubation d'œufs moins précieux que l'on lui retire, pour les confier à une couveuse artificielle. Cette manière de procéder étant la plus répandue, nous nous en occuperons d'abord ; mais nous n'oublierons pas qu'à l'état de nature, les femelles de toutes les espèces, quelles qu'elles soient, prennent soin elles-mêmes de leurs œufs et de leurs petits ; nous chercherons donc par quels moyens nous pourrions arriver au même résultat dans nos volières.

Enfin, nous parlerons, en dernier lieu, des couveuses artificielles, si utiles lorsqu'on a des œufs qui ont déjà suivi un commencement d'incubation, mais auxquelles il est imprudent de se confier en toute autre circonstance.

Incubation par les poules ou les dindes. La poule à laquelle on confiera les œufs de faisan doit être douce, familière, bien apprivoisée, bonne couveuse, d'un tempérament à se contenter d'un petit espace, d'une taille proportionnée à celle de ses élèves ; pas trop pattue, parce qu'alors elle risquerait de blesser ses petits en marchant.

M. E. Leroy recommande les *Brahma-Pootra*, à chacune desquelles ont peut confier de 20 à 25 œufs de faisan : il reprend ensuite les œufs et les glisse sous des poules de petite taille, à mesure que celles-ci demandent à couver ; les Brahma-Pootra ne sont pour lui que des machines à couver, mais non des éleveuses. En traitant convenablement les Brahma, dit-il, vous pourrez leur donner à couver plusieurs générations d'œufs successives ; il faut seulement avoir soin de noter à l'encre ces œufs, de la date de la mise en incubation, pour éviter de leur laisser indéfiniment ceux d'entre eux qui ne devraient pas donner d'éclosion.

« Outre ces poules, continue le même aviculteur, votre basse-cour contiendra des poules à la fois *couveuses et éleveuses.*

« Les meilleures pour ce double usage sont :

« En premier lieu, la poule *négresse du Japon* ; la poule négresse est d'une lenteur automatique, douce, point brusque dans ses mouvements, docile, facile à apprivoiser, en un mot la poule par excellence pour couver et élever. Je n'en connais pas de préférable. Seulement, elle est assez rare, et son prix est très-élevé.

« En deuxième lieu, la *poule anglaise* ; cette race naine, au plumage blanc, légèrement pattue, est également bonne couveuse et bonne poussinière ; plus vive que la négresse, plus petite et très-robuste, elle est fort intelligente et très dévouée aux petits étrangers qu'elle a fait éclore. Elle a l'avantage d'être assez répandue et d'un prix très-accessible.

« A défaut de poules japonaises ou anglaises, des poules naines et demi-naines familières peuvent être employées pour l'élevage, à la condition de n'être pas trop pattues. Certaines races naines sont pourvues, entre les doigts, de plume d'une longueur démesurée qui sont un inconvénient pour se poser sur les œufs et qui les exposent à froisser à chaque instant leurs petits.

« Une chose qu'on ne saurait trop re-

avons vu, au contraire, des dindes, élever, avec des soins infinis, les animaux les plus disparates: poulets, canetons et même oisons. La dinde est donc une excellente éleveuse; elle serait également bonne couveuse si, par son poids elle n'était susceptible d'écraser les œufs fragiles de la faisane.

Forcer une poule à se tenir sur les œufs. C'est vers le 15 mars qu'il faut avoir des couveuses. Voici comment on développe, avant cette époque, le sentiment de la maternité chez les poules.

Faisan prélat.

commander, c'est d'éviter à tout prix de se servir pour l'incubation de poules d'emprunt. Une poule que vous avez empruntée, quand même elle serait familière chez elle et aurait manifesté dans sa basse-cour le désir de couver, abandonnera presque toujours chez vous, salira ou cassera les œufs que voudrez lui confier. »

Où nous ne sommes plus de l'avis de M. E. Leroy, c'est lorsqu'il proscrit la dinde, sous prétexte qu'elle tuerait, aussitôt leur naissance, des petits qui ne seraient pas de son espèce. Nous

D'abord, on les nourrira le plus possible d'insectes, et pour cela on établira une bonne *verminière* dans la basse-cour; on y amènera du fumier chaud en quantité et on le renouvellera souvent; on donnera chaque jour du blé, du sarrasin et du chènevis; cette nourriture dispose les poules à une ponte précoce.

Ensuite, on se gardera d'enlever les œufs des pondeuses, on leur établira un nid dans un endroit bien tranquille, où elles puissent se croire en sécurité. Dès qu'elles y auront déposé une quinzaine d'œufs, elles annonceront par leurs gloussements particuliers qu'elles qu'elles sont décidées à couver sérieusement ; il ne vous reste plus qu'à les

FAISANS.

1 et 2. Lady Amherst, mâle et femelle. — 3 et 4. Faisan noble, mâle et femelle. — 5 et 6. Éperonnier, mâle et femelle.

sont disposées à l'incubation. Elles se placeront sur leurs œufs et si elles y restent un jour ou deux, c'est un signe établir dans un autre nid, plus commode pour vous, et à les maintenir dans leurs dispositions.

3

Nids des couveuses. Le nid le plus simple se compose d'une boîte ou d'un panier rembourré de foin ou de paille brisée en forme concave; on dépose ce nid dans un local peu éclairé, tranquille, chaud et d'une température peu variable; un bûcher, une remise, etc.; mais point un grenier autant que possible.

Cet appareil si simple a plusieurs inconvénients. Le principal est que la mère, lorsqu'elle aura couvé ses œufs, voudra les élever et refusera de couver davantage. Il a donc fallu trouver le moyen de la retenir dans son couvoir pendant tout le temps que les faisanes peuvent pondre, de façon à l'avoir toujours à sa disposition à mesure que les œufs arrivent; on a voulu que, véritable *couveuse permanente*, elle recommençât une incubation aussitôt après en avoir terminé une.

C'est à jouer ce rôle qu'excelle la poule Brama-Pootra, et c'est pour cela qu'il est si nécessaire d'en posséder dans une faisanderie. La poule anglaise peut, au besoin, rendre les mêmes services.

Mais pour arriver à ce résultat, il est bon de maintenir la couveuse dans une obscurité presque complète.

On a donc dû imaginer la *boîte à couver*, dont nous parlerons un peu plus loin, en donnant la description de la *boîte d'élevage*. On y établit la poule sur un lit de foin ou de paille et on la laisse couver ses propres œufs jusqu'à ce que l'on en ait d'autres à lui donner.

Au fur et à mesure que les faisanes pondent dans leur volière, on prend leurs œufs et on vient les apporter sous la couveuse à laquelle on enlève, en même temps, un nombre égal de ses œufs déjà au quart ou à demi couvés.

Les œufs que l'on enlève ne doivent point être perdus; on les donne à une autre poule ou bien on les confie à la couveuse artificielle.

Soins pendant l'incubation. Chaque jour, vers les 2 ou 3 heures de l'après-midi, on lèvera doucement la couveuse et on la conduira dans un endroit sablé, où il y ait de la nourriture et de l'eau fraîche.

La nourriture consiste en orge et en mie de pain. Tant que la poule n'a que des œufs d'essai, on peut la laisser levée pendant une demi-heure; on peut même la lever deux fois par jour; mais dès qu'elle a des œufs de faisan, on ne la lèvera qu'une fois et on la rentrera dès qu'elle aura mangé, bu, fienté. On lui donnera à peine le temps de se poudrer quelques minutes.

Si la fiente de la poule est très-dure on donnera comme nourriture une pâtée composée de pain trempé dans du lait, de son et de laitue. Si au contraire la poule a la diarrhée, on lui donnera un peu de pain trempé dans du vin avec du blé, de l'orge ou du sarrasin.

Si elle a de la vermine, on lui enduira légèrement le ventre et le dessous des ailes avec de la pommade camphrée.

En général, on peut accorder 25 minutes de sortie dans les premiers jours de l'incubation; de 15 à 18 minutes au bout de 10 jours, et 10 minutes vers la fin.

On recommande surtout de garnir plusieurs couveuses en même temps; cela permet, lorsqu'on rejette les œufs non fécondés, au bout d'une huitaine de jours, de répartir les œufs qui sont bons et d'économiser une couveuse que l'on tient en haleine pour plus tard, en lui redonnant des œufs d'essai.

« En second lieu, dit M. E. Leroy, cette manière de faire vous permettra, lors des éclosions, de réunir à la même éleveuse le résultat de deux ou plusieurs couvées, à la plus grande simplification de l'élevage, puisque vous n'aurez à soigner qu'une seule famille, une seule série d'élèves, au lieu d'en avoir deux ou trois. Enfin, vous pourrez, si bon vous semble, garnir de nouveau les couveuses rendues ainsi disponibles. »

La durée de l'incubation est, nous l'avons déjà dit, de 23 jours pour les faisans dorés et de 26 pour les autres faisans. Cette durée peut être avancée ou retardée d'un ou deux jours, suivant l'état de la température, la qualité de la couveuse, la date plus ou moins récente de la ponte, etc.

Éclosion. La veille de l'éclosion, les petits font entendre un cri dans leur coquille; à mesure qu'ils naissent, on enlève les coquilles, sans effrayer ni déranger la mère que l'on peut même se dispenser de faire sortir ce jour-là. Cependant, si on veut la lever, on ne le fera que lorsque les petits seront bien ressuyés; on les mettra, pendant l'absence de la mère, dans un panier garni de foin léger ou de plumes, près du feu ou au soleil.

« Il arrive quelquefois, dit M. E. Leroy, que, par suite de causes diverses : œufs plus ou moins frais, surcharge imposée à la couveuse, température trop sèche, etc.; l'éclosion est laborieuse et que les petits naissent les uns après les autres avec d'assez longs intervalles. Dans ce cas, il faut lever la poule doucement toutes les 5 ou 6 heures, pour voir où en est la situation, retirer les débris des coquilles, et replacer la couveuse sur les œufs qui lui restent, après avoir ramené les nouveau-nés sur le devant du nid, pour qu'ils ne soient pas exposés à se faire écraser entre les œufs que la poule retourne de temps en temps dans son travail d'incubation.

« Au bout de 24 heures, si vous avez des retardataires et si la poule, désireuse d'être toute aux petits éclos, qui déjà demandent à manger, manifeste l'intention d'abandonner ses œufs, vous pouvez confier ces derniers à une autre de vos couveuses et vous réunirez ensuite à leurs frères les petits retardataires à mesure qu'ils seront éclos et séchés.

« Si, au contraire, votre couveuse, plus patiente, persiste à rester sur ses derniers œufs, vous pouvez lever les petits éclos toutes les deux heures pour les faire manger et les replacer ensuite sur le devant du nid.

« Il arrive quelquefois que le petit poussin a peine à sortir de sa prison et se trouve, en quelque sorte, collé à la membrane qui tapisse l'intérieur de la coquille. Dans ce cas, par le côté de l'œuf qui a été bêché par le petit, et qui est étoilé, vous pouvez dégager adroitement le bec du jeune oiseau et, pour lui donner des forces, lui faire avaler deux gouttes de vin sucré tiède étendu d'eau, puis, par l'ouverture de la coquille, introduire quelques gouttes du même liquide pour humecter la membrane. Souvent, ainsi, vous aidez beaucoup le patient à se tirer d'affaire; mais il arrive quelquefois que, malgré ce secours, le petit s'épuise en efforts sans pouvoir sortir de son enveloppe.

« Dans ce cas, certains éleveurs lui viennent en aide en brisant circulairement avec une clef la coquille vers le milieu, puis en replaçant l'œuf sous la couveuse. Cette opération ne doit avoir lieu qu'en dernière analyse, et lorsque l'éclosion par les voies naturelles paraît désespérée, parce qu'elle a l'inconvénient de détruire la résistance opposée par l'enveloppe coquillière au poids du corps de la poule et d'exposer le petit à être écrasé.

« Il faudrait alors n'en avoir qu'un faible regret, car ce sujet, qui n'avait pas la force d'éclore seul, n'était vraisemblablement qu'un sujet incomplet, maladif et sans vigueur, qui se serait élevé difficilement ou pas du tout et qui vous aurait causé plus d'un ennui. »

Incubation par les faisanes. La captivité n'a point pour résultat de faire perdre complétement aux faisanes le sentiment de la maternité. Quoique très-affaibli, il subsiste toujours chez elles, et il serait sans doute facile de le raviver; mais c'est la moindre préoccupation des éleveurs; quelques-uns, même, poussent l'indifférence jusqu'à laisser les faisanes pondre çà et là, sur le sable de leur volière, faute de leur avoir préparé un nid; et ils sont étonnés ensuite de trouver les œufs brisés soit par le mâle ou même par la femelle; ils en concluent que la faisane est trop mauvaise mère pour qu'on puisse lui confier une couvée.

C'est une erreur.

Un amateur de faisans, M. A. Fayard, éditeur de ce livre, a découvert le moyen de faire élever les petits faisandeaux par leurs parents eux-mêmes, d'après le bon exemple fourni par des tourterelles. Voici comment le journal *l'Acclimatation* raconte le fait dans son numéro du 20 mai 1875 :

« Il (M. Fayard) élevait depuis longtemps des faisans ordinaires, dorés et argentés; dès que les œufs étaient pondus, il les confiait à des poules, agissant en cela comme la plupart des éleveurs. Un jour, on lui donna une paire de tourterelles dont il se souciait fort peu; pour s'en débarrasser, il les mit dans un parquet à faisans, sans nid, sans rien de ce qu'il leur faut pour l'établir. Les pauvres petites bêtes ramassèrent quelques brins de paille et installèrent leur nid dans un coin.

« Quel ne fut pas l'étonnement du propriétaire quand il vit que les faisans, prenant modèle sur les tourterelles, installaient un nid sous une touffe d'arbre vert planté dans leur cage ; la faisane pondit, se chargea de l'incubation et toute la ponte vint à bien sans qu'il eut à s'en préoccuper.

« Depuis, il a mis en pratique sur tous ses faisans ce procédé d'élevage et, depuis plusieurs années, il a complétement abandonné aux faisans le soin de leur progéniture ; ils s'en tirent mieux que les poules. »

Ce fait si naturel d'incubation et d'élevage par imitation se reproduit, du reste, tous les jours dans nos bois, lorsque l'on vient à y lâcher de jeunes faisanes pour le repeuplement. Elles n'ont pas certainement puisé dans leur étroite captivité le sentiment qui doit les guider lorsqu'elles sont mères ; elles ne couvent pas par instinct, elles n'élèvent pas leurs poussins parce que la nature les y contraint ; mais à la vue des autres mères qui couvent et élèvent leurs petits avec mille soins, les faisanes sentent se développer en elles tous les germes qui y étaient restés jusque-là à l'état latent ; elles apprennent à être mères, ce qui est une preuve non d'un instinct irréfléchi, mais d'une véritable intelligence.

Les choses pourraient donc se passer identiquement de la même manière en captivité, et nous sommes persuadés que si les éleveurs ne profitent pas de ce penchant que possèdent les faisanes, c'est parce que l'incubation et l'élevage ne pourraient pas être dirigés absolument comme le voudrait un faisandier. La faisane est toujours plus ou moins farouche ; il ne faut pas la déranger lorsqu'elle couve ; il ne faut pas approcher de ses petits lorsqu'elle les élève ; et puis elle est capricieuse ; tandis que l'on peut compter sur une poule, la conduire, la dominer ; on peut en faire une machine à couver, lui enlever ses petits, lui en donner d'autres, faire des echanges, des mélanges, des triages ; la surveiller, la déranger chaque jour, depuis celui où on lui donne les œufs, jusqu'à celui où elle abandonne ses petits ; il y a là de grands avantages, qui ont fait abandonner la méthode d'incubation par les faisanes.

Cependant les personnes qui veulent se rapprocher, autant que possible, de la nature, feront bien de mettre dans leurs volières, un couple de tourterelles, comme a fait M. Fayard, et, dans un coin du hangar qui sert de refuge aux oiseaux pendant les mauvais temps, elles établiront un

Réduit à couver. (Voir notre dessin.) C'est un réduit de 80 centim. de large sur 1m50 de long. Dans un coin, on place une botte de paille debout ; plus en avant, un perchoir-échelle de 2 ou 3 échelons, appuyé au même mur du fond. La porte qui mène du réduit au hangar de la volière est peinte en vert ; lorsqu'il fait froid, on la ferme et les oiseaux passent par une chattière ménagée dans le bas ; mais on l'ouvre dès qu'il fait chaud. Ce réduit est pris sur la longueur du hangar qui sert d'abri au oiseaux. un petit judas vitré permet de surveiller les oiseaux à tout instant sans les déranger.

Un semblable réduit est toujours né-

Hocco.

cessaire, quand même on ne voudrait pas confier l'incubation aux faisanes ; elles viendront y pondre, et l'on pourra enlever les œufs sans risquer de les trouver brisés. C'est pourquoi M. E. Leroy s'en déclare partisan ; il a même perfectionné ce système en construisant un nid pondoir dont nous parlerons plus loin.

Observations sur l'incubation et l'élevage par les faisanes. Cette méthode ne serait peut-être pas recommandable pour l'élevage en grand. Mais pour les éleveurs qui ne possèdent que quelques couples de faisans, il nous paraît avantageux, et voici pourquoi. Il est facile à un éleveur qui ne s'occupe que de quelques-uns de ces oiseaux, de les rendre moins farouches et même familiers, en leur donnant, avec douceur, des soins journaliers, en les approchant souvent, en leur parlant, en s'en occupant enfin. Alors, il peut diriger les faisanes couveuses, presqu'aussi bien que des poules. S'il leur fait couver leurs œufs, il n'a pas à craindre qu'elles les écrasent ni qu'elles étouffent les petits au moment de la naissance, car la nature a proportionné leur poids avec la force des œufs et des poussins. Du reste, la faisane *ne gratte pas*; c'est là un avantage à apprécier, quand on songe que la poule domestique n'élève guère une famille, sans tuer involontairement

il n'est pas étonnant que ces peuples soient, à ce sujet, plus avancés que nous, et que les appareils dont ils se servent réussissent plus sûrement que les nôtres.

En Egypte, on dispose les œufs, quelquefois dans du fumier en fermentation, et plus souvent dans des fours appelés *ma mals*, qui peuvent contenir de 40 à 80,000 œufs et dont on gradue convenablement la température. Quant aux détails de l'installation et des procédés, nous ne les connaissons pas, parce qu'ils

Faisan de Sœmmering.

quelques-uns de ses poussins en grattant le sol.

Incubation artificielle. La chaleur que la faisane communique à ses œufs en les couvant varie entre 38 et 40 degrés. On a cherché le moyen de communiquer aux œufs une température égale, sans avoir recours à la couveuse naturelle et l'on a inventé les couveuses artificielles.

Les Chinois paraissent être les premiers qui aient pratiqué cette méthode d'incubation ; les Egyptiens la connaissent depuis la plus haute antiquité et

constituent un de ces mille secrets de métier, que les hommes peu éclairés en divulguent pas et qui se transmettent de père en fils, de génération en génération, comme une propriété, comme une fortune personnelle.

Dans les îles de la Sonde, dans les Philippines et surtout à Luçon, les hommes font l'office de couveuses. Ils s'étendent sur des traverses de bois, au dessous desquels on a disposé alternativement des couches d'œufs et de cendres. Lorsque les petits vont éclore, les hommes-couveuses aident à leur sortie en brisant les coquilles des œufs.

Chez nous, Réaumur est le premier qui ait essayé de faire éclore des poussins sans le secours des mères. Il a publié un mémoire intéressant sur les recherches qu'il fit à ce sujet.

Il enfermait ses œufs dans une boîte qu'il réchauffait au moyen de fumier frais en fermentation. Son procédé réussissait parfaitement, à force de précautions et de soins. Mais les éleveurs qui voulurent ensuite l'imiter, n'arrivèrent jamais au même résultat; ses élèves eux-mêmes ne tardèrent pas à se rebuter. Cependant, c'est à Réaumur que revient, dans notre occident, l'honneur d'avoir planté le premier jalon sur cette route que d'autres parcourront un jour avec plus de bonheur; c'est lui, du reste, qui eut l'idée des *poussinières* ou *mères artificielles*, boîtes garnies intérieurement de peaux de mouton sous lesquelles les poussins nouvellement éclos trouvent la chaleur dont ils ont besoin.

Avant lui, les Croisés avaient essayé d'introduire l'incubation artificielle en Italie et en France. Des éleveurs égyptiens avaient même été amenés en France; mais leurs procédés ne purent réussir sous notre climat, où l'on ne saurait se passer des *poussinières* qui sont inutiles dans des contrées plus chaudes.

Après Réaumur vint Bonnemain qui fit faire de grands progrès à l'incubation artificielle. On peut même dire que cet art est resté stationnaire après lui. C'est lui qui, le premier, eut l'ingénieuse idée de chauffer son appareil par de l'eau, comme une serre par le thermosiphon. Décidé à exploiter son invention sur une large échelle, il fonda, en 1777, un établissement destiné à l'approvisionnement de Paris. Mais il échoua, à cause du prix élevé de la nourriture de ses poussins; des entreprises analogues eurent le même sort en Angleterre et aux États-Unis.

Néanmoins, de nos jours, l'incubation artificielle est employée, *en petit*, avec un certain succès; mais elle ne paraît pas destinée à prendre rang parmi les grandes industries, parce qu'il ne suffit pas de faire éclore les poussins; il faut ensuite les élever, et notre ciel est bien inclément.

Si les couveuses artificielles jouissent encore de l'estime des éleveurs, c'est parce qu'elles présentent un précieux avantage; elles sont toujours prêtes. Elles remplacent la mère dès que celle-ci fait défaut, dans un moment où l'on ne peut se procurer une autre couveuse naturelle. Elles sont à votre disposition lorsque le hasard vous met en possession d'une couvée de perdrix ou de faisans. Les œufs, déjà couvés ne peuvent attendre le bon vouloir d'une poule; il ne faut pas qu'ils refroidissent; vite, on les met dans une couveuse artificielle et il est rare que celle-ci ne les mène pas à bien.

Cependant, l'incubation artificielle offre des inconvénients, parce qu'elle n'a pas atteint chez nous un degré satisfaisant de perfection.

D'abord, elle ne réussit guère qu'avec des œufs déjà couvés; ensuite, les appareils dont on se sert sont toujours coûteux, d'une manipulation délicate; ils demandent une présence continuelle pendant l'opération et des soins incessants; enfin l'incubation artificielle laisse sans mère de petits oiseaux qui ne peuvent guère s'en passer. On est forcé d'y suppléer au moyen d'appareils plus ou moins compliqués et il faut qu'une personne soit constamment attachée à la poussinière artificielle.

On a imaginé un grand nombre d'appareils de dimensions variables et communément appelés *couvoirs* ou *couveuses artificielles*, toujours construits d'après les principes de Bonnemain, c'est-à-dire que la température y est élevée au moyen de l'eau chaude.

Nous allons passer en revue les principaux de ces appareils. Nos descriptions seront nécessairement sommaires, parce que, lorsqu'on achète une *couveuse artificielle*, elle est toujours accompagnée d'une notice descriptive qui rend inutiles les détails dans lesquels nous entrerions.

Couvoir Cautelo. Cet incubateur a obtenu un grand succès au jardin zoologique de Gand; malheureusement il coûte 500 fr. pour 100 œufs et 1,000 fr. pour 200 œufs! Son prix inaccessible est un défaut tellement capital, que nous ne croyons pas devoir décrire un appareil qu'aucun de nos lecteurs ne serait, sans doute, tenté d'acheter.

Couveuse Carbonnier. C'est la meilleure, à notre avis. Elle se compose d'une boîte de bois blanc, dans laquelle se trouve une caisse de zinc qui repose sur une toile métallique galvanisée ; sous cette caisse de zinc que l'on emplit d'eau, se trouve un tiroir pour mettre une quarantaine d'œufs. Sur un des côtés de l'appareil, on a ménagé la place de la lampe qui doit maintenir l'eau à + 50° c. Les œufs sont déposés dans le tiroir, sur une couche de foin bien fin ; on ferme le tiroir, et les œufs sont chauffés à + 39°, parce que l'eau ne leur communique pas une température aussi élevée que la sienne. Pour obtenir cette température, on se sert d'une lampe à deux bécs en hiver ; on n'allume qu'un bec en été. Une ou deux fois chaque jour, on ouvre le tiroir, on retourne les œufs et on les laisse à l'air de la chambre pendant un instant (un quart d'heure en été). On ne retire les poussins du tiroir que 24 heures après leur naissance.

Les pieds de l'appareil sont engagés dans des étuis en partie emplis de sciure de bois ; cela amortit les secousses produites par le passage des voitures, le martelage, etc.

Des thermomètres mettent toujours l'opérateur à même de savoir quelle est la température de l'eau et celle des œufs (cette dernière ne doit jamais dépasser + 40°).

Les petits étant nés, ressuyés et enduvetés, on les porte dans une poussinière en forme de cage vitrée. A l'une des extrémités de cette cage, un bassin de zinc reçoit de l'eau chauffée à 70° ou 80° ; on la renouvelle souvent, pour que sa température ne descende pas au-dessous de 35°. Au-dessous du bassin, une peau d'agneau reçoit les petits frileux, que l'on nourrit dans la poussinière pendant 8 ou 15 jours ; ensuite on les habitue peu à peu au grand air, en laissant toujours ouverte la porte de la poussinière, afin qu'ils puissent s'y réfugier à la moindre alerte.

Couvoir de Vallée. Il se compose de deux parties reliées ensemble : *l'appareil* N et le *tambour* I. Le premier mesure 50 centim. de large sur 40 de profondeur et 52 de hauteur ; il est divisé en 3 compartiments superposés. Dans le compartiment du milieu E, on glisse un tiroir contenant des œufs ; le compartiment supérieur C, est vitré sur le devant et muni d'un couvercle en tabatière ; il peut recevoir la même destination ; mais ordinairement, on y met les poussins après l'incubation. Le compartiment inférieur F, est grillé comme une cage et reçoit les petits quelque temps après leur naissance. C'est un plancher à coulisse comme celui des cages.

Le tambour I loge l'appareil de chauffage, qui consiste en un cylindre de zinc M, que l'on emplit d'eau et sous lequel on entretient une lampe à plusieurs becs, afin de maintenir la température au degré désirable. Un tuyau conduit l'eau chaude entre les compartiments E et C où elle forme une nappe dans un bassin étalé ; un autre tuyau la prend de ce bassin, lui fait traverser le compartiment inférieur F, dans toute sa longueur et la ramène enfin dans le cylindre où elle s'échauffe de nouveau.

Le compartiment C est, en outre, traversé verticalement dans son milieu, par une cheminée B, dont l'ouverture inférieure est au niveau du tiroir E. Lorsqu'on ferme le haut de la cheminée, au moyen d'un bouchon, la chaleur se concentre ; si on l'ouvre, la chaleur diminue dans le tiroir E, où l'air pénètre. D'autres tuyaux pleins d'air partent du tambour, traversent toute la cage F et introduisent, en se coudant, de l'air chaud dans le tiroir E. 4 petites ouvertures circulaires pratiquées à la partie supérieure de la chambre vitrée et 4 autres ouvertures à la partie supérieure du tiroir principal, s'ouvrent au moyen d'un bouton ; elles forment des courants alternatifs d'air chaud et froid, indispensables pour le renouvellement de l'air dans les deux compartiments moyen et supérieur. Un thermomètre est placé sur les œufs (tiroir E). Un autre, U, plonge dans le cylindre et ressort par un trou à côté de la cheminée P, de ce cylindre.

Cet appareil qui fonctionne avec succès au Jardin des Plantes de Paris, peut couver jusqu'à 120 œufs à la fois.

Cependant, pour les petits éleveurs, la couveuse Carbonnier est préférable, en raison de sa simplicité.

Couveuse Deschamps. Cet appareil n'exige pas l'emploi des lampes, évite les variations de température et la mauvaise odeur que répand toujours plus ou moins le combustible.

La couveuse se compose d'une grande

boîte, dans laquelle on introduit deux tiroirs, où sont placés les œufs. De l'eau chaude, mise dans l'appareil, y circule et l'on peut surveiller la naissance des jeunes, à travers un châssis vitré qui montre l'intérieur de la boîte, lorsqu'on a levé le couvercle. Du reste, une explication qui accompagne l'appareil, initie les éleveurs à la manière de procéder.

Une autre boîte, appelée *éleveuse*, est destinée à donner la chaleur nécessaire aux petits, qui y trouvent, au fond, une bonne fourrure, chauffée par de l'eau, une mangeoire, un abreuvoir et enfin

longtemps la température de l'eau. Néanmoins, le refroidissement est toujours assez rapide pour nécessiter une active surveillance, et la couveuse Carbonnier nous semble encore préférable.

ÉLEVAGE PENDANT LE PREMIER AGE. Le premier âge s'étend de la naissance au 22e jour, c'est-à-dire pendant les trois premières semaines. Les soins doivent être des plus minutieux, en raison de la faiblesse des poussins. Nous donnerons la description de la *boîte à élevage* et du *parquet*, dans lesquels on doit leur laisser prendre leurs

Faisan Acome.

tout le confortable désirable. Une petite trappe leur permet de sortir lorsque le temps est beau et lorsqu'ils ont acquis la force nécessaire.

Couveuse Dubus. Elle est basée sur le même principe que la couveuse Deschamps. On y introduit de l'eau chaude. Par conséquent, l'appareil de chauffage n'étant pas auprès des œufs, ceux-ci ne souffrent aucunement de la mauvaise odeur. De plus, le réservoir à eau chaude est entouré de plusieurs doubles de couvertures de laine, ce qui l'isole de l'air extérieur et maintient plus

ébats. C'est leur habitation pendant le jour ou une partie du jour. La nuit et lorsqu'il fait froid ou lorsqu'il fait très-chaud, on les tient enfermés avec la mère dans la boîte à couver.

Les éleveurs qui ne possèdent pas de semblables appareils et qui ont mis leurs poules couver tout simplement dans un nid ou un panier, se baseront sur nos explications pour la conduite à tenir pendant le premier âge. Ils enfermeront leurs poussins dans les mêmes circonstances et les laisseront courir dans les mêmes moments; mais leur surveillance sera bien plus active.

Il faut craindre, pour les élèves, l'humidité et le froid aux pattes ; on leur donnera du sable que l'on renouvellera aussi souvent que possible (au moins une fois par jour) ; si la vermine envahissait les faisandeaux, il faudrait leur enduire le dessous des ailes avec un peu de pommade camphrée ; on ne les laissera sortir ni lorsqu'il fait très-froid, ni lorsque le soleil est ardent ; il faut que la température de la chambre où on les tient ne descende jamais au-dessous de 20 degrés. Dans cette cham-

Pendant 24 heures, les petits n'ont pas faim ; mais on leur donnera ensuite, pendant 2 jours, une pâtée sèche, composée de mie de pain rassis émietté très-finement, d'œufs durs, de graines (blé, orge, chènevis) écrasées dans un moulin à café et de laitue hachée menu ; le tout bien mélangé. Deux jours plus tard, on passe aux larves de fourmis et aux petits vers de terre. Les repas seront peu copieux ; mais ils se renouvelleront souvent dans la même journée ; il ne faut jamais présenter à un repas, les restes du repas précédent, parce

Lophophore obscur

bre on mettra toujours une motte de gazon entretenue fraîche ; on donnera de la verdure. Ces soins sont indispensables, c'est pourquoi nous en parlons tout d'abord.

Aussitôt que la petite famille vient de naître il est bon de tremper dans du vin tiède les pattes de chaque nouveau-né, en prenant des précautions pour ne pas mouiller son duvet : il n'est pas moins bon de sabler le sol sur lequel les petits vont avoir à se promener et de renouveler le sable chaque jour.

qu'ils pourraient avoir aigri ; on donnera donc, à chaque fois, les restes à la mère.

La quantité d'aliments nécessaires pendant les cinq premiers jours est minime. On peut l'évaluer à 1 centilitre par bec ; elle doit paraître d'autant plus petite qu'elle se divise en un grand nombre de repas, car il faut servir à manger aux élèves au moins de deux en deux heures. Il est prudent de passer les larves de fourmis au four avant de les donner au jeunes faisandeaux, autrement il s'y trouverait un grand nombre de fourmis vivantes, qui tourmenteraient vos élèves.

La verdure : gazon, petit trèfle blanc, mouron blanc, sera donnée à discrétion.

Comme boisson, on donnera, pendant les huit premiers jours, du vin sucré étendu d'eau, servi dans un canari en verre, ou dans une soucoupe peu profonde, avec une tasse renversée au milieu ou un autre objet rond qui empêche les élèves de mettre les pieds dans leurs bassins. Au bout de huit jours, de l'eau pure, bien aérée ; au besoin, on la fera bouillir, si elle cuit mal les légumes. On la renouvellera au moins trois fois par jour. On ne sortira les petits qu'après la chute de la rosée, lorsque le sol est un peu réchauffé. On les fera rentrer avant la fraîcheur, avant les pluies, au moment où le soleil est dans toute sa force.

Au bout de 10 ou 15 jours, on peut se dispenser de passer les œufs de fourmis au four, parce que les faisandeaux mangent les fourmis vivantes qui s'y trouvent mêlées. Il faut cependant éviter de leur donner des fourmis rouges ou des œufs de fourmis rouges, parce qu'ils sont nuisibles et peuvent même, dit-on, causer la mort des élèves.

« *Elevage des faisandeaux pour le repeuplement.* » Jusqu'à présent, dit M. Lavalée (Encyclopédie d'Agriculture) on ne s'est occupé de l'élève de faisan que pour en peupler les chasses; on a voulu obtenir des animaux farouches; toutes les méthodes d'éducation ont été dirigées dans ce but. On a donc déposé les petits dans une boîte séparée en deux compartiments par des tringles de fer espacées de 5 centimètres; dans l'une est la poule; au contraire les faisandeaux peuvent circuler librement d'un bout à l'autre de la boîte, car leur corps est assez mince pour passer à travers les barreaux. La poule ne les conduit pas, elle n'est là, en quelque sorte qu'un poêle auprès duquel ils viennent se réchauffer. Ils prennent dès les premiers moments, des habitudes d'indépendance.

« Quand on a conservé la boîte pendant deux jours dans un local dont la chaleur est douce, on la met en plein air dans une des allées de l'enclos. Le cinquième jour on donne plus de liberté aux jeunes faisans. On met la boîte en communication avec un parquet mobile formé de quatre claies de fil de fer ou d'osier et longue chacune de 2 mètres, et pour que les élèves puissent y pénétrer, on ouvre une porte à coulisse pratiquée à l'une des principales extrémités de la boîte. Quant à la poule, elle reste constamment captive. Au bout de 10 jours on retire le parquet volant, les petits ont alors la liberté de circuler à volonté ou de venir se réfugier sous les ailes de la poule. Cinq jours après, on enlève la boîte, on attache la poule à l'aide d'un ruban de fil qui lui noue la patte à un pieu planté auprès d'une cabane de paille qui doit, en cas de mauvais temps, servir d'abri à la mère et à la couvée. A deux mois, les faisandeaux se suffisent à eux-mêmes, et l'on enlève la poule qui n'est plus nécessaire.

« Rien dans ces dispositions n'est calculé pour apprivoiser les jeunes oiseaux; leur mère ne les conduit pas, elle ne leur apprend pas à venir à la voix de la fermière qui leur apporte la nourriture. Ils restent en plein air le jour et la nuit, et, peut-être, l'homme intelligent, qui voudra convertir le faisan en animal de basse-cour, pour en tirer un plus grand profit, devra-t-il recourir à d'autres procédés et diriger l'éducation du faisan, comme on dirige celle du dindon, qui n'est pas moins difficile.

« L'habitude de laisser ces oiseaux coucher en plein air contribue certainement à entretenir chez eux la sauvagerie qui leur est naturelle; car même nos poules communes, lorsqu'on leur laisse contracter cette habitude, deviennent farouches, dérobent leurs œufs, et la fermière a beaucoup de peine pour les faire rentrer au poulailler. »

Boîte d'élevage. Les faisans pourraient difficilement être élevés comme la volaille de basse-cour; ils ne sont point obéissants et ne prennent pas toujours la nourriture que leur offre la poule. Celle-ci, agacée, va et vient avec agitation; elle écrase ou blesse ceux qui l'approchent. La *boîte à élevage* a pour but de la retenir prisonnière et de mettre en même temps les petits dans l'impossibilité de s'éloigner beaucoup d'elle. Enfermée, la poule ne peut manger les œufs de fourmis que l'on donne à ses petits; elle ne songe pas à pondre ni à couver, et n'abandonne pas, par conséquent, ses poussins; enfin, elle ne gratte pas. Mais tant qu'elle demeure en fonction, il faut modifier sa nourriture, pour obtenir la non-fécondité. On la lèvera 2 fois par jour et on la laissera se promener pendant une demi-heure chaque fois dans les alentours du parquet, afin de la délasser un peu.

La boîte d'élevage se compose d'une caisse de 1m50 de long sur 0m60 de large et 0m50 de haut, fabriquée en planches bien ajustées, de chêne ou de bois très-dur pour résister à la dent des rongeurs; elle est recouverte de châssis mobiles qui s'y adaptent en forme de toiture de maison, comme le montre notre dessin. (Parquet muni d'une boîte à élever.) Elle est séparée en deux compartiments dont l'un, le plus éloigné de l'entrée, sert de nid, de couvoir et de prison aux mères qui élèvent. Il mesure 50 centimètres de long; la toiture qui le recouvre est en bois de chêne plein et s'ouvre de chaque côté, au moyen de charnières. Une petite ouverture, pratiquée à l'extrémité, permet de voir ce qui s'y passe, sans déranger la mère; du reste, cette ouverture est indispensable pour donner du jour dans le compartiment. On y met ordinairement une petite vitre.

L'autre compartiment, qui représente le reste de la boîte, est un peu plus compliqué. La toiture en est vitrée et s'ouvre également par des charnières, de chaque côté. Les châssis qui la composent retombent alors sur les côtés, comme le montre notre dessin. (Boîte à élever ouverte.) Au-dessous de cette toiture se trouve un treillage en fil de fer, qui ne s'enlève que d'une seule pièce en soulevant le cadre. Grâce à ce treillage, on peut ouvrir les châssis pour donner de l'air, sans que les élèves aient la faculté de s'enfuir.

Ce compartiment est celui des poussins; on le garnit d'une bonne couche de sable fin et sec, souvent renouvelé et maintenu toujours propre.

Les deux compartiments son séparés par une trappe entre les barreaux de laquelle les poussins peuvent passer, soit pour aller dans leur promenoir, soit pour retourner sous la mère. Celle-ci est emprisonnée dans son compartiment; elle peut seulement passer la tête entre les barreaux de la trappe, pour prendre sa nourriture. A cet effet, on place la mangeoire et l'abreuvoir près de la grille, dans le compartiment des poussins.

Lorsqu'on juge que les petits ont atteint le développement désiré, on les met en liberté, en les faisant pénétrer dans le parquet avec lequel la boîte communique par une *porte chattière* que l'on ouvre ou que l'on ferme du dehors. Il est bon que la boîte soit munie, de ce côté, de deux trappes, l'une à côté de l'autre et jouant chacune dans sa coulisse respective. Alors une de ces trappes est *pleine* et intercepte toute communication entre la boîte et le parquet. L'autre est à barreaux assez espacés pour laisser passer les poussins, mais pas assez pour livrer passage à la mère. De cette façon on peut donner plus d'espace à toute la famille, car le parquet devient le promenoir des poussins, tandis que la mère a tout l'espace de la boîte pour prendre ses ébats.

C'est donc dans cette boîte qu'a lieu l'élevage des poussins pendant les *premiers jours*. Ensuite il leur faut un peu plus d'espace, on les fait passer dans le *parquet*. Mais la boîte à élevage leur sert toujours de dortoir; elle est au parquet ce que le hangar est à la volière; elle sert d'abri aux faisandeaux qui se réfugient à la moindre alerte, sous les ailes de leur mère.

Du parquet. Le parquet est une petite volière qui communique avec la boîte à élevage par les trappes dont il a été parlé. Il sert de promenoir aux faisandeaux âgés de plus de 15 jours; quelques éleveurs même ne les y lâchent pas avant un mois. Avant cet âge, on les laisse dans la boîte à élevage.

Ordinairement le parquet se compose d'un compartiment de 3 mètres de côté; il est entouré d'une boiserie peinte ou d'une maçonnerie de briques sur champ jointes au ciment et haute de 1 mètre. Il est couvert de grillages qui forment une pyramide à 4 faces, soutenue au milieu par un montant en bois de 5 centimètres d'équarrissage et de 2 mètres 50 de haut. Au lieu de fils de fer, on pourrait employer une simple couverture de ficelle, si l'on ne veut pas faire une grande dépense.

Une porte, ménagée sur le côté du mur, livre passage au faisandier, lorsqu'il veut entrer dans le parquet.

Plusieurs parquets sont rangés les uns à côté des autres ; et il est bon que les murs qui leur sont mitoyens soient percés de passages fermés de trappes ; de cette façon, on peut facilement faire passer un ou plusieurs faisans d'un parquet dans un autre.

Le sol doit être ameubli, bien fumé et semé de gazon. On laissera seulement tout autour, le long du mur, une petite allée sablée et large de 40 centimètres. Il est bon que le parquet soit placé à l'ombre d'un arbre.

emploie avec succès ; c'est une modification de la boîte ordinaire à élever.

« Ma boîte à couver, dit-il, est une boîte carrée de 40 à 50 centimètres de largeur sur chaque face et de 40 centimètres de hauteur, percée de trous sur les côtés pour la libre circulation de l'air et goudronnée intérieurement pour éloigner la vermine.

« Le dessus de cette boîte ferme par un couvercle à charnière qu'on ouvre lorsqu'on veut lever la couveuse pour la faire manger, et qu'on referme aussitôt. Sur l'un des côtés est pratiquée

Faisan de Reynaud.

Le poteau qui soutient la pyramide de fil de fer porte, à un mètre de hauteur, un barreau de bois sur lequel les faisans viendront se percher.

Enfin le mur du côté de la porte d'entrée, est percé d'une *porte chattière* qui donne entrée dans la boîte à élever et qui se ferme au moyen d'une trappe. Le côté opposé à la porte et à la boîte, doit être composé en treillage.

Parquet mobile. M. E. Leroy, aviculteur à Fismes, nous fait part, dans son traité d'*Aviculture*, d'un procédé qu'il

une ouverture suffisante pour livrer passage à la poule, lorsque, son repas terminé, vous la faites replacer doucement d'elle-même sur ses œufs. De cette façon, elle n'est pas exposée, soit en sautant sur son nid, soit en faisant des mouvements saccadés pour vous échapper lorsque vous l'y replacez, à causer quelque accident.

« L'ouverture latérale de la boîte ferme par une trappe légère, glissant dans une rainure extérieure, et que vous abaissez, une fois la couveuse réinstallée, pour ajouter à sa sécurité, et aussi à la vôtre, en lui ôtant l'idée et la possibilité de quitter son nid dans l'intervalle des repas.

« La boîte à couver ainsi définie, voici en quoi consiste la boîte éleveuse généralement adoptée jusqu'ici : cette boîte, montée sur quatre pieds saillants pour la préserver de l'humidité, doit avoir un mètre cinquante centimètres de longueur sur cinquante centimètres de largeur, et cinquante centimètres de hauteur d'un côté et quarante de l'autre pour la pente qui doit la recouvrir les jours de pluie.

» A l'intérieur, elle est séparée par

pour empêcher les poussins de s'échapper.

« Au-dessus du filet s'adapte, en cas de pluie, un toit mobile en planches légères, ou mieux encore un châssis vitré, incliné pour l'écoulement des eaux.

« Toit et châssis sont levés, durant le jour, lorsqu'il fait beau, pour laisser pénétrer l'air.

« Cette boîte qui est très-massive, est placée dans un endroit abrité et à bonne exposition, et destinée à y rester à demeure.

« Ce système a certainement du bon, mais il a ses inconvénients.

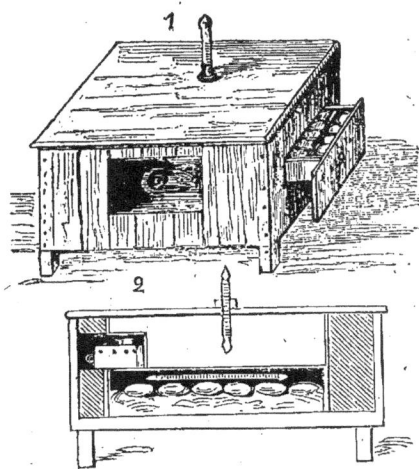

1. Couveuse Carbonnier. — 2. Coupe de la Couveuse.

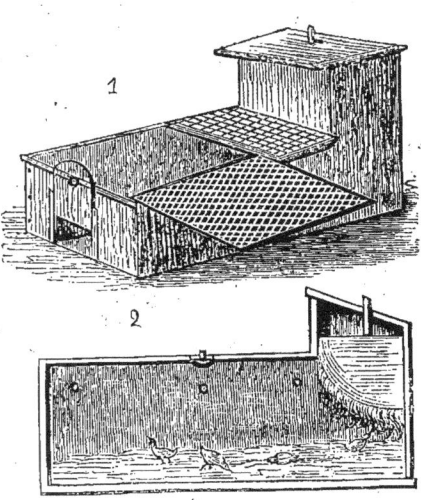

1. Poussinière Carbonnier. — 2. Coupe de la Poussinière.

un grillage formé de barreaux verticaux en deux parties inégales : l'une de cinquante centimètres environ, l'autre de un mètre.

« La première, abondamment garnie de sable, est destinée à la poule éleveuse.

« La deuxième, plus légèrement sablée est destinée aux élèves, qui viennent y prendre leur nourriture et s'y promener.

« Les barreaux de séparation sont suffisamment espacés pour livrer passages aux petits et pour retenir captive la poule dans son compartiment.

« Le tout est recouvert d'un filet

« Il peut arriver, et il arrive souvent qu'une pluie persistante, un refroidissement prolongé de l'atmosphère, vous mette dans la nécessité de rentrer vos élèves. Vous comprenez qu'avec une boîte de cette dimension, ce n'est pas chose facile. D'un autre côté, laisser au dehors la boîte-éleveuse expose vos petits à périr de froid. Que faire alors ? Les prendre à la main un par un pour les transporter avec leur mère dans une chambre ? D'un danger vous tombez dans un autre. Cet attouchement, cette préhension, auxquels l'oiseau adulte répugne tant, qui lui sont si douloureux, ne peuvent qu'être funestes à ces infiniments petits, dont les membres sont si frêles, et ne peuvent s'exercer sans une pression plus ou moins forte, eu égard aux efforts désespérés que font vos élèves pour s'échapper. Cette pression, si légère soit-elle, les chutes involontaires qu'ils peuvent faire en sautant de vos mains, sont autant de causes d'accidents et quelquefois de mortalité.

« Il faut donc à tout prix trouver un système, un agencement qui vous permette de ne jamais porter la main à vos élèves, et qui réunisse les avantages de la boîte éleveuse sans en avoir les inconvénients.

« Ce système, le voici dans toute sa simplicité : il consiste à dédoubler l'ancienne boîte à élevage, et voici comment je m'y prends :

« Je me sers de deux compartiments indépendants l'un de l'autre, et susceptibles de communiquer entre eux à volonté.

« L'un de ces compartiments n'est autre que ma boîte à couver, à l'ouverture latérale de laquelle, aussitôt après l'éclosion, des barreaux ont été adaptés pour tenir captive la poule éleveuse et livrer passage, à votre gré, aux petits. Le foin ou la paille qui ont servi pour l'incubation sont remplacés par une couche de sable ou de sciure de bois. Cette boîte, on se le rappelle, est munie d'une trappe à son ouverture latérale.

« Mon autre compartiment est fait d'une caisse à savon, par exemple, laquelle, comme chacun sait, mesure un mètre de longueur sur cinquante centimètres de largeur et quarante centimètres de hauteur, ou d'une caisse quelconque de plus grande dimension. Plus elle sera grande, mieux cela vaudra.

« De cette caisse, j'enlève le fond que je mets de côté pour m'en servir comme on va voir; puis le couvercle que je remplace par deux traverses fixées par des pointes aux deux grands côtés du système pour servir à le consolider et à le transporter. Sur l'un des petits côtés, à la base, a été pratiquée une ouverture correspondant et s'adaptant à celle de la boîte à couver, et munie, comme cette dernière, d'une trappe, laquelle glisse dans une rainure intérieure.

« Ainsi agencée, cette caisse, que nous appellerons *parquet mobile d'élevage*, ou simplement *parquet mobile*, est fort légère, très-maniable, peu encombrante et facile à transporter d'un lieu dans un autre.

« Le système est complété et recouvert par un châssis mobile revêtu d'une toile à claire-voie, dont la double destination est d'empêcher vos élèves de s'échapper, puis de tamiser et tempérer les rayons trop ardents du soleil.

« De toiture ou d'abri contre la pluie il n'y a pas à s'en occuper, puisque nous allons avoir toute facilité de rentrer les petits instantanément et sans danger dans la *chambre d'élevage*, si le temps vient à changer.

« A la simple description de cette partie de l'outillage, il est facile de se rendre compte de son emploi.

« Nous avons vu tout à l'heure que le fond de la caisse qui a servi à confectionner le parquet mobile avait été mis de côté.

« Ce fond est destiné à rester à demeure dans un local éclairé et pourvu d'un calorifère, qui sera votre *chambre d'élevage* et qui peut être, selon les ressources dont vous disposez, soit un grenier bien exposé, soit une mansarde, soit une serre en non-activité ; je dis en non-activité, parce qu'il ne serait pas prudent de laisser vos élèves la nuit au milieu des plantes, à cause des émanations du gaz acide carbonique.

Notre fond de caisse est garni de sable fin qu'il faut renouveler toutes les fois qu'il est sali, une fois par jour environ. Sur ce sable, vous déposez une motte de gazon frais, un canari en verre contenant la boisson, et une augette contenant la nourriture.

« Les choses ainsi disposées, vous replacez exactement la caisse parquet-mobile sur le fond qui en a été détaché, vous recouvrez ce parquet du châssis garni de toile claire, pour empêcher vos élèves de sauter par-dessus; vous avez ainsi une petite cour, un préau en miniature agencés aussi confortablement que possible, pour remplacer la sortie au dehors aux heures où elle serait dangereuse : le matin pendant la rosée, ou le soir après le coucher du soleil, ou même pendant les jours de pluie ou de froid.

« Voici comment je procède dans la

pratique à l'aide de l'outillage ainsi transformé :

« Le matin, vers six ou sept heures, j'entre dans la chambre d'élevage, je prends ma boîte à couver, qui a servi de dortoir à la poule et à ses poussins, je juxtapose cette boîte au parquet mobile, en ayant soin d'adapter à l'ouverture à trappe pratiquée sur l'un des petits côtés du parquet l'ouverture à trappe correspondante de la boîte à couver, puis je lève les deux trappes. La communication ainsi établie, j'assiste au tableau suivant: la petite troupe se précipite joyeuse sur sa provende et prend son premier repas. Je profite de ce moment de récréation : 1° pour enlever la poule par le couvercle à charnière de la boîte à couver, devenue *boîte-dortoir*, et j'installe la pauvre bête au dehors sous une mue, où elle se vide, mange, et prend sans retard un bain de poussière, que les fatigues de la nuit ont rendu nécessaire; 2° pour changer le sable de la boîte à couver, qui a été sali pendant la nuit.

« Au bout de quinze minutes environ, je replace l'éleveuse dans sa boîte, où les petits, qui déjà l'appelaient à grands cris, accourent se fourrer sous ses ailes et digérer, à sa chaleur, leur premier repas.

« Vers huit ou neuf heures, lorsque la rosée est tombée, s'il fait beau, je chasse du geste, sans les toucher, les élèves sous leur mère, et je ferme les trappes; puis, je transporte sur un endroit sablé et gazonné de la cour ou du jardin le parquet mobile, dont le fond reste à demeure dans la chambre d'élevage.

« Je garnis ce parquet, comme tout à l'heure, de nourriture et du canari contenant la boisson ; je le recouvre de son châssis, puis je vais chercher la boîte contenant la poule et sa petite famille, et après avoir adapté cette boîte comme je l'ai fait tout à l'heure, je lève les deux trappes.

« C'est plaisir alors de voir les petits, égayés par le soleil, courir dans l'herbe, la brouter, la gratter, s'y poursuivre, et manifester leur satisfaction par leurs cris.

« Vers cinq ou six heures du soir, je lève encore la poule pendant quinze minutes pour la délasser et nettoyer la boîte où la jeune famille doit passer la nuit, après avoir, pour être plus libre dans cette opération, abaissé préalablement la trappe du parquet.

« Dès que le soleil commence à disparaître, les petits et leur mère, enfermés dans leur boîte-dortoir, et le parquet mobile sont reportés dans la chambre d'élevage, et je rétablis les communications des deux compartiments, pour que les élèves puissent souper et prendre de l'exercice jusqu'à la nuit.

« A la nuit close, ils sont tous sous la mère, et vous pouvez abaisser la trappe de la boîte qui les renferme.

« Les jours de pluie ou de froid, les faisandeaux et les perdreaux restent au dedans, et vous maintenez la température de la chambre d'élevage à 18 ou 20 degrés centigrades environ.

« Cette partie essentielle de l'outillage (la boîte-dortoir et le parquet mobile) est, comme on le voit, bien simple ; elle évite beaucoup de causes de mortalité et d'accident, et vous permet d'élever sur le vif et de changer vos élèves d'herbages et de canton, à mesure que celui sur lequel ils ont parqué se trouve épuisé ou sali.

« Au bout d'une quinzaine de jours, vos petits ont grandi et se sont développés, et commencent à se trouver à l'étroit dans leur petit parquet. Dès ce moment, vous pouvez leur laisser le libre parcours dans la chambre d'élevage, et aux heures de sortie vous servir d'un parquet d'un modèle plus grand pour le dehors ou de plusieurs parquets réunis l'un à l'autre par des communications ménagées à cet effet. Vous pouvez encore adapter au même usage un paravent dont le papier est enlevé et remplacé par un grillage de fil de fer, et que vous recouvrez d'un filet.

« Bientôt vos élèves vont grandir à vue d'œil; un espace plus étendu va leur devenir nécessaire, espace où ils trouvent pleine sécurité et qui renferme, dans une limite d'une vingtaine de mètres carrés, tous les éléments qui font la santé de l'oiseau à l'état libre, c'est-à-dire le grand air, des arbustes pour les abriter du soleil, du sable pour se poudrer, du gazon à discrétion, puis du grain et de l'eau bien pure.

« Nous avons nommé *la volière.* »

Des œufs de fourmis. Les *larves* de fourmis, improprement appelées *œufs*, forment donc la base de la nourriture pendant le premier âge des faisans; elles doivent provenir des fourmis de jardins, de prés et de bois, mais non des grosses fourmis rouges.

Les éleveurs se mettront, dès le mois de mars, à la recherche des fourmilières. On explore les berges, les terrains en talus abrités, la lisière des bois, les endroits exposés au soleil levant. A mesure que l'on découvre un nid, on en prend note sur un calepin, afin de le retrouver sûrement lorsque le besoin en viendra. On peut cultiver les fourmilières en y jetant de temps en temps quelques pincées de sucre en poudre et en plaçant à côté d'elles, dans un morceau de tuile ou sur une pierre plate, une cuillerée de miel, de la mélasse, du sirop de raffinerie, de la confiture et autres matières sucrées. On recouvre la tuile ou la pierre d'une autre tuile ou d'une autre pierre, de façon que les vivres se trouvent à l'ombre; autrement les fourmis n'en profiteraient pas dans les temps de grande chaleur. Cette nourriture, donnée aux fourmis, produira une belle récolte.

Pour s'emparer des œufs, voici comment il convient de procéder. On découvre le sommet du nid jusqu'à ce que l'on arrive à la provision de nymphes, quelquefois à une grande profondeur. A l'aide d'une pelle, on s'empare de la masse et on la jette dans un sac (ordinairement après l'avoir passée dans un crible de peau sur une toile étendue à terre). Il ne faut pas épuiser toute la provision, autrement les fourmis abandonneraient leur nid.

Cela fait, on remplit le vide produit par la récolte avec un tampon d'herbes ou de feuillage (principalement des feuilles de chêne) que l'on saupoudre d'un peu de sucre; on recouvre soigneusement le tout avec les débris que l'on a écartés en découvrant le sommet du nid.

Une quinzaine de jours après, on peut revenir; on n'aura qu'à retirer le paquet de feuilles et à le secouer pour faire une nouvelle récolte. A chaque fois, on le saupoudre de sucre.

Lorsqu'on exploite un nid de grosses fourmis, on aura la précaution de se garnir les mains avec des gants de peau pour se garantir des morsures.

Il est prudent de passer un instant au four le sac contenant les larves; de cette façon, on tue les fourmis qui pourraient s'y trouver et qui cherchent jusqu'à la fin à défendre leurs œufs; elles ne sont pas à craindre lorsque le faisan n'est plus dans le premier âge; mais avant cette époque elles le tourmentent et leur morsure n'est pas sans danger pour lui.

Pour l'exploitation des nids de petites fourmis peu redoutables, le *parquet mobile* est d'une grande commodité, parce qu'il permet de transporter toute la petite famille sur la fourmilière même.

Fourmilières artificielles. M. Deyrolle fils a proposé un moyen d'augmenter, dans les terrains spécialement consa-

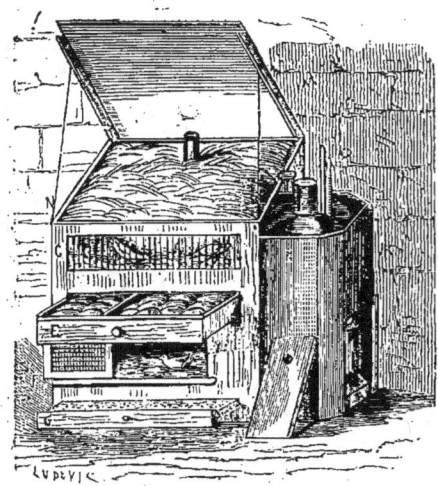

Couveuse artificielle de Vallée.

crés à la chasse, le nombre des fourmilières qui s'y trouvent.

« Les fourmis, dit-il, préfèrent un terrain meuble, sec, abrité de la pluie qui détruit leurs travaux. Les grandes espèces adoptent généralement le pied d'un arbre; les petites se placent de préférence sous une grosse pierre, sous des fagots, etc. Il est facile dans un terrain chaud, assez sec, rendu plus meuble au moyen de la bêche ou d'un labour, d'établir de petits abris, de petites toitures supportées par 4 piquets à une hauteur de 20 à 40 centimètres du sol. »

C'est lorsque la terre vient d'être mouillée par la pluie ou même par une rosée abondante qu'il faut prendre les fourmis, parce qu'on est sûr, en ce moment, de trouver réunis et d'enlever du même coup des mâles, des femelles, des neutres et des esclaves. On les porte aussitôt dans le nouvel emplacement préparé ainsi :

« Après avoir rendu assez meuble la terre, on la mélange d'une quantité de brindilles de bouleau simulant des racines et destinées à soutenir les galeries que les nouveaux hôtes ne manqueront pas d'y pratiquer; on dispose le tout en un petit monticule abrité de la pluie par une toiture soutenue par 4 piliers haut d'environ 40 centimètres; au milieu de ce monticule, on forme un trou en entonnoir, dans lequel on place quelques brindilles. On y verse les fourmis et on le recouvre aussitôt d'une planchette légère ou d'un couvercle d'osier; elles ne tarderont pas à se répandre aux alentours; mais trouvant de tous côtés la terre mouillée, elles rentreront dans leur abri et s'occuperont aussitôt de l'installation de leurs larves et de leurs nymphes, qui restent toujours leur plus grande préoccupation.

« Pour leur rendre plus agréable leur nouvelle demeure, il est bon de leur offrir quelque nourriture dont elles sont friandes, comme du miel, des fruits très-mûrs, de la viande cuite et hachée, du pain trempé, etc.; trouvant alors un abri confortable et de la nourriture en

Parquet muni de sa boîte à élever.

abondance, elles s'installeront bien vite dans le nouvel emplacement et s'y multiplieront rapidement.

« Au bout de quelque temps, on pourra ainsi obtenir un grand nombre de fourmilières avec une population nombreuse et assez rapprochées les unes des autres pour que la récolte des nymphes puisse s'y opérer vivement et avec facilité.

« Nous avons fait l'expérience de ce procédé sur la grosse fourmi des bois;

c'est celle qui, par sa taille et la facilité de sa multiplication, offre le plus de ressources au faisandier; elle se plaît surtout dans les endroits secs, pas trop exposés au soleil, mais cependant pas complétement à l'ombre et abrités du vent du nord. » (Journal l'Acclimatation du 5 septembre 1874.)

Le mois de septembre est la saison favorable pour l'installation des nouvelles fourmilières.

Achat d'œufs de fourmis. Beaucoup d'éleveurs ne peuvent se procurer des nids de fourmis; s'ils ne veulent pas absolument se passer de larves, ils sont forcés d'en acheter. Ils ne seront pas fâchés de savoir qu'ils peuvent s'en procurer en s'adressant à M. Deyrolle. Les œufs que M. Deyrolle tient à leur disposition arrivent de Vienne (Autriche) où des marchandes se tiennent dans le Saltstrass avec des paniers pleins de ces nymphes parfaitement triées; elles les vendent sur le pied de 20 centimes le litre. L'ouverture de ce marché a lieu vers le mois d'avril.

« Plusieurs envois emballés de diverses façons, dit M. Deyrolle (journal l'Acclimatation du 5 mai 1874) nous sont arrivés en fort mauvais état, et nous avons acquis la certitude que ces nymphes de fourmis ne peuvent venir d'aussi loin à l'état frais; mais nous avons trouvé moyen de parer à cet inconvénient en les faisant dessécher complétement pour assurer leur conservation indéfinie; il suffit, à leur arrivée, de les plonger dans du lait pour les faire regonfler; elles reprennent alors toutes leurs qualités pour nourrir les jeunes faisans qui les mangent avec la même avidité que les nymphes fraîches. Tenues dans un endroit sec, pas trop chaud, elles peuvent se conserver fort longtemps; on pourra donc en faire provision et les élèves ne risqueront plus d'en manquer. »

En s'adressant aux bureaux du journal l'Acclimatation, on peut en obtenir, à raison de 3 fr. le litre, emballage non compris.

Transport des nymphes de fourmis. Les larves ou nymphes de fourmis ne peuvent guère voyager pendant plusieurs jours sans que l'on ait la précaution de les faire dessécher au four. Pour les voyages moins longs, on peut les emballer aussitôt après la récolte.

M. Albert Geoffroy Saint-Hilaire, directeur du Jardin d'acclimatation du Bois de Boulogne, a imaginé, pour l'emballage des œufs, un appareil ingénieux dont nous donnons la figure. Il se compose d'un bâtis à jour dans lequel on installe 3, 4 ou 5 tiroirs formés d'un châssis en bois blanc s'ouvrant par devant et dont les parois supérieure et inférieure sont formées de fine toile métallique. En faisant glisser, dans la rainure, la portière du tiroir, on ouvre celui-ci; on jette les œufs dans l'intérieur où ils forment une couche d'environ un centimètre d'épaisseur. Par ce procédé, les œufs ne peuvent s'écraser. L'appareil se ferme au moyen d'un cadenas; le chemin de fer le transporte comme un colis ordinaire.

Elevage sans œufs de fourmis. Quand on est dans l'impossibilité absolue d'élever les faisandeaux avec des œufs de fourmis, il faut chercher les meilleurs moyens de se passer de cette nourriture. Plusieurs recettes ont été préconisées; en voici quelques-unes.

Pâtée de mie de pain rassis finement émietté, d'œufs durs, de grains écrasés, de laitue hachée, de maigre de bouilli haché ou de cœur de bœuf écrasé.

Pâtée de riz cuit, de cerfeuil, de chicorée sauvage, de millet, de cœur de bœuf haché menu, d'œufs durs hachés avec leur coquille, de mie de pain, de farine de maïs et d'un peu de fromage blanc.

Pâtée de cœur de bœuf cru, d'œufs durs, de mie de pain, de persil et de salade.

Pâtée ordinaire à laquelle on ajoute des insectes et principalement des hannetons séchés au four et pulvérisés. Ou bien, à défaut de hannetons, on donne aux faisandeaux du tourteau de noix finement émietté; on pourrait aussi leur distribuer des noix cassées.

On peut faire une pâtée de 500 gr. de bœuf maigre, de 4 œufs crus, d'un peu de sel et de mie de pain trempée dans du lait. On hache finement le tout et on le fait cuire au four, pendant un quart d'heure. Cette pâtée suffit aux élèves pendant les 10 premiers jours de leur existence; il faut ensuite y ajouter du chènevis écrasé.

Nous donnons toutes ces recettes parce que les éleveurs pourront employer tantôt l'une, tantôt l'autre, de façon à varier l'ordinaire des élèves privés de larves. Ces pâtées peuvent même être données en concurence avec les œufs de fourmis.

Verminières. Dans l'élevage en grand, on supplée à l'insuffisance des fourmilières au moyen des verminières, qui donnent à discrétion des *asticots* ou larves de mouches.

Voici, selon M. Mariot-Didieux (*Guide de l'éleveur de dindons et de pintades*, Goin, éditeur), comment on établit une verminière :

« La fosse destinée à établir une verminière doit être creusée dans un endroit sec, exposée au soleil et à l'abri des vents.....

« La capacité d'une verminière peut varier à l'infini.....

« Les proportions géométriques d'une fosse propre au prompt développement des larves consistent en un mètre au plus de profondeur, deux de largeur ; la longueur peut être indéterminée et varier suivant les besoins.

« Le fond de la fosse doit offrir de la résistance pour emprisonner la larve, qui arrivée à l'époque de sa métamorphose en chrysalide, cherche tous les moyens en son pouvoir pour s'enfoncer dans la profondeur du sol. Les pierres liées par du mortier de chaux ou de la terre argileuse pétrie et battue sont impénétrables pour les larves.....

« Quand la fosse est ainsi préparée, on procède à la composition de la verminière de la manière suivante :

« 1° Couche de paille de seigle hachée fin, dix centimètres d'épaisseur, non serrée ;

« 2° Couche de crottin frais de cheval, quatre centimètres d'épaisseur, non serré ;

« 3° Terreau de couche, quatre centimètres d'épaisseur, non serré ;

« 4° Arrosage des matières ci-dessus avec du sang provenant des boucheries ou d'animaux abattus... ou mieux, recouvrir le tout avec des viandes d'animaux morts, des débris d'intestins, etc.

« Suivant les besoins, on place une deuxième et même une troisième couche de toutes les matières ci-dessus indiquées, et toujours dans l'ordre et les proportions désignés. Les matières employées ne doivent pas être serrées ; l'air a besoin de pénétrer pour établir la fermentation, plutôt lente qu'active, et faciliter la pénétration des larves écloses à la surface.

« La verminière doit être préservée des eaux et surtout de la pluie ; un simple hangar de paille est suffisant.

« Les matières qui entrent dans la composition d'une verminière, une fois réunies et disposées comme il est prescrit ci-dessus, ne tardent pas à entrer en fermentation, et bientôt naissent une foule de petites larves, produits éclos des œufs de plusieurs espèces ou variétés de mouches carnivores, dont la plupart sont de couleur verte ou bleuâtre. Ces larves, d'abord petites, grossissent rapidement ; les unes atteignent les dimensions d'un grain de blé, les autres celles de la plus belle orge. En cet état, elles contiennent un suc blanc, laiteux, aromatique et très-nourrissant..... »

Sur le tout on étend des broussailles chargées de grosses pailles pour que la volaille ne puisse venir gratter. Pour recueillir les asticots, on ménagera dans le bas de la verminière une ouverture où l'on introduira une pelle.

Asticots de viande. « Pour se procurer ces insectes en abondance, on prend un morceau de viande que l'on suspend à quelques centimètres de terre dans un endroit abrité légèrement, soit une cabane de feuillage, soit un hangar. Dès que la viande commence à se putréfier, les mouches viennent y déposer en abondance leurs œufs qui ne tardent pas à éclore ; remplis de la viande dont ils se sont nourris, ils formeraient un poison pour les faisandeaux. On a donc essayé plusieurs moyens pour leur faire dégorger cette substance fétide. On les a roulés dans de la cendre de bois, on les a fait cuire au four, ou bien d'autres les ont fait bouillir ; mais les vers ainsi préparés diminuent beaucoup de volume et s'altèrent rapidement. Ils prennent alors une qualité toxique, et les jeunes faisandeaux qui en ont mangé périssent en quelques heures. Le moyen qui a le mieux réussi est de placer au-dessous de la viande où naissent les vers un large récipient couvert d'une couche de son. A partir du onzième jour, on agite avec un bâton la viande sur laquelle les vers sont parfaitement formés, ils tombent dans le son, dégorgent les substances infectes dont

ils sont remplis et se nourrissent du peu de farine que le son contient encore. Au bout de trois jours, ils sont gras, très-gras et ne conservent plus aucune mauvaise odeur. En enlevant chaque jour le récipient après avoir secoué la viande et en en plaçant un nouveau, on peut se procurer ainsi pendant longtemps des vers frais qu'on doit donner vivants aux jeunes faisans. »
(LAVALÉE.)

Vers de farine. Les vers de farine (larves du *Ténébrion*) si utiles en l'absence de nymphes de fourmis, ou même en concurrence avec ces dernières,

et de conserver ensuite les vers; on peut même les faire reproduire par le procédé que nous allons indiquer.

On prend un grand pot de terre ou de verre, ou bien, ce qui est préférable, une caisse de bois de chêne, avec une fermeture de parchemin criblé de petits trous ou de fine toile métallique, afin que les vers ne trouvent aucune issue:

« Pour remplir une caisse ayant 50 cent. de longueur sur 30 de longueur et 30 de hauteur, il faudra mettre une première couche de son, de farine, soit de froment, d'orge ou d'avoine; puis de vieux chiffons de laine, couverture ou

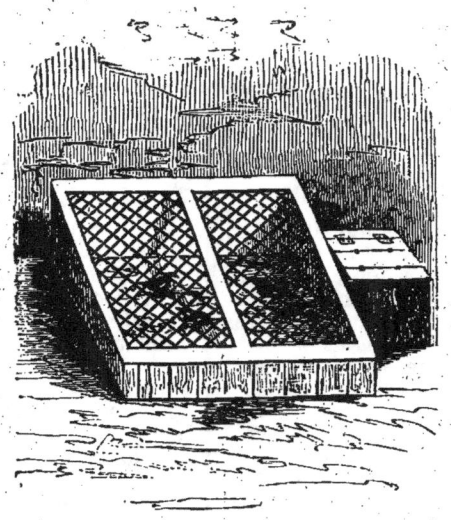

Parquet mobile.

s'obtiennent d'une façon bien simple. On étend, la nuit, chez un boulanger, une toile humide près des sacs de farine. Les vers, qui aiment la fraîcheur, viennent se cacher sous cette toile et le lendemain matin, on n'a plus qu'à les recueillir. On trouve surtout les larves du ténébrion sous les sacs de farine déposés depuis quelque temps dans le grenier, ou bien encore dans les fentes du plancher, aux abords du pétrin et des endroits où il y a de la farine,

Mais si l'on faisait chaque jour la récolte de ces larves, on perdrait un temps infini. Il est préférable de faire une récolte copieuse une bonne fois pour toutes

flanelle, de vieux bouchons de liége; puis une nouvelle couche de farine. Sur cette seconde couche, on placera de nouveaux chiffons de laine et bouchons, légèrement humectés avec de la bière ou simplement avec de l'eau. Ensuite on mettra les vers de farine, un litre environ, qu'on pourra se procurer chez les meuniers, les boulangers et surtout à la Halle au blé à Paris, où s'en fait le commerce. En laissant les vers parfaitement tranquilles pendant 3 mois, ils se métamorphoseront en nymphes qui produiront les insectes nommés ténébrions, lesquels se propageant par les œufs, produisent de nouveaux vers en grande quantité. La métamorphose a lieu surtout au printemps et à l'automne. A ces insectes, il faut une température constante de 15 à 20 degrés, car ils redoutent le froid et l'humidité.

« Pendant les grandes chaleurs on devra, de temps en temps, humecter les chiffons, comme il est dit plus haut ou, ce qui est préférable, jeter dans la caisse des tranches minces de pommes ou de pommes de terre.

« Lorsque la nourriture est mangée, il faut, sans toucher aux vers, remettre dans la caisse une nouvelle provision de farine ou de son.

C'est vers le commencement du second âge qu'il faut songer à donner plus d'espace aux faisandeaux. Pour cela, on leur ouvre la trappe de la boîte à élever; ils se répandent dans le parquet et on ne les fait rentrer qu'à la nuit ou dans les cas de grande chaleur et de mauvais temps.

On aura eu soin de planter, dans le parquet, de la verdure, du gazon, de la laitue, des choux, du trèfle, des graminées; et comme cette nourriture serait insuffisante, on y ajoutera du petit blé, de l'orge, du sarrasin (concassés dans

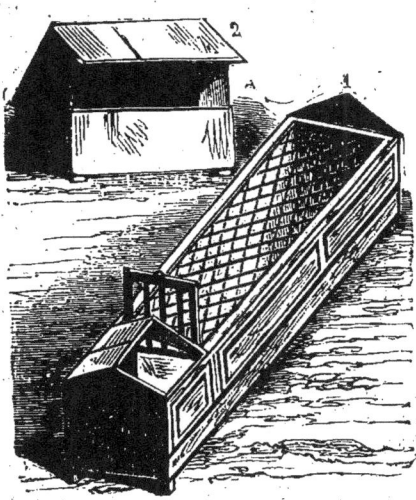

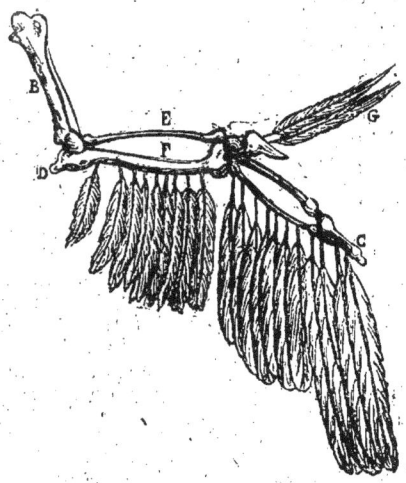

1. Boîte à élever. — 2. Mangeoire de volière.

Éjointage. — Description de l'aile d'un oiseau.

« A la rigueur on pourrait, pour renfermer les vers, se servir de pots de terre vernissés; mais jamais il ne faut employer de grès, sa grande porosité entretient une fraîcheur qui nuit à la reproduction des ténébrions. »

Mme DE GREFFULHE.
(Bulletin de la Société d'Acclimatation, 20 mars 1873).

DEUXIÈME AGE.

Le deuxième âge commence avec la 3e semaine et finit avec le 4e mois. Les oiseaux sont moins délicats que dans la première période de leur existence; mais ils ont à traverser une époque critique, analogue de celle de la pousse du rouge chez les jeunes dindons.

les premiers temps), du millet, de l'alpiste et surtout du moha de Hongrie, sans oublier de l'eau souvent renouvelée et du sable.

La nourriture sera placée près de l'entrée de la boîte à élever, pour leur donner l'habitude de s'y rallier.

Pendant les premiers jours, on ajoutera de la pâtée à cet ordinaire : des larves de fourmis et des fourmis, autant que possible, des hannetons entiers et séchés au four.

On n'oubliera pas la mère; on lui ouvrira la porte du couvoir et, dans le promenoir, on lui donnera du sable, de la nourriture et de l'eau propre.

Les éleveurs qui auraient adopté le

parquet mobile de M. E. Leroy, n'auront qu'à transporter ce parquet dans une volière contenant de la verdure et à y lâcher les petits en tenant la mère en captivité.

Ceux qui n'ont ni parquet, ni boîte à élever, se voient forcés, pour laisser courir les faisandeaux, de les lâcher dans un jardin, dans une cour ou dans un enclos quelconque ; seulement, ils sont dans la nécessité de leur couper les grandes plumes d'une aile et de maintenir la mère sous une cage où les petits viendront la trouver quand cela sera nécessaire. De l'eau fraîche, des menus grains seront déposés à portée de la cage ; celle-ci sera placée, autant que possible, sous un petit toit, pour la garantir de la pluie.

Enfin, si les faisans sont destinés au repeuplement, on peut, dès le commencement du second âge, les porter, avec leur mère tenue en captivité, dans le lieu où l'on veut qu'ils élisent domicile. Mais ce n'est pas ici le lieu de nous occuper du repeuplement ; nous lui consacrerons un chapitre particulier. C'est vers l'âge d'un mois que les faisans sont sujets à *se piquer*, c'est-à-dire à s'arracher mutuellement les rudiments de plumes qui commencent à poindre sur leur dos et sur leur croupion. Ces petites plumes se présentent alors sous la forme de tuyaux pleins de sang et assez semblables à des grains d'avoine. Cela excite la convoitise des jeunes oiseaux qui cherchent, à force de coups de bec, à les arracher à leurs frères ; et leur manie dégénère en fureur dès que le sang paraît ; ils s'entre-dévoreraient si l'on n'y mettait ordre. Pour dégoûter les piqueurs, on enduira le croupion des malades, soit avec de l'huile de pétrole, soit avec un mélange de suie et d'huile.

On multipliera les abris (herbages, fagots, paillassons) derrière lesquels les faisans iront se réfugier.

Mais le remède préventif consiste à augmenter le parcours des élèves et à leur donner le plus de liberté possible. Pour cela, il est bon d'avoir plusieurs parquets adossés les uns aux autres et communiquant entre eux par des trappes. On peut ainsi donner aux faisandeaux de nouveaux compartiments bien ensemencés lorsqu'ils ont épuisé la verdure de celui dans lequel on les a enfermés.

Vers l'âge de deux mois, les petits sont assez vigoureux pour n'avoir plus à craindre d'être écrasés par leur mère ; on peut donc mettre celle-ci en liberté avec eux. Si l'on possède une *volière* (voir plus loin), on y lâchera toute la famille. Mais à défaut d'une vaste volière, bien approvisionnée de verdure, il faut avoir recours à l'*éjointage*, pour donner la liberté aux jeunes soit dans un jardin, soit dans un enclos.

Pendant cette période, qui est celle de la mue, on donnera aux jeunes faisans du grain et on variera leur nourriture suivant la température.

S'il fait très-chaud, on les rafraîchira en leur offrant du pain trempé dans du lait ou des restes de soupe, le tout mélangé de son. Si le temps est froid, au contraire, on réchauffera les élèves en leur donnant du pain trempé dans de l'eau rougie (sucrée les premiers jours), des graines variées, des fruits rouges (groseilles, framboises, raisins), des fourmis, des larves de fourmis, des insectes, des œufs durs hachés avec de la salade.

Après cette période critique, le maigre plumage du second âge fait place à un vêtement plus chaud ; imperméable, duveté en dessous ; c'est dans le courant du troisième mois qu'a lieu cette transformation ; les chasseurs disent alors que les faisans sont *refaits de queue*. La crise dure une dizaine de jours. Si elle menaçait les petits assez sérieusement pour leur faire perdre leur vivacité, il faudrait avoir recours au grand moyen, qui est la

Poudre corroborante Mille. Mêler dans un mortier : cannelle de Chine en poudre, 1 gr. 50 ; gingembre en poudre, 5 gr. ; gentiane en poudre, 50 cent. ; anis en poudre, 50 cent. ; carbonate de fer, 2 gr. 50 cent. ; passer au tamis. Mélanger une cuillerée à café de cette mixture à la pâtée de 20 faisandeaux, matin et soir. Cette poudre est aussi recommandée pour le traitement des dindonneaux pendant la prise du rouge.

Éjointage. Cette opération consistait autrefois à briser le fouet de l'aile d'un oiseau de basse-cour susceptible de s'envoler ; mais aujourd'hui l'ancienne méthode est à peu près abandonnée.

L'éjointage consiste, non plus à briser le fouet de l'aile, mais à l'enlever complétement pour détruire l'équilibre de locomotion aérienne en privant l'oiseau de l'usage de l'une de ses ailes, sans, pour cela, le déparer ni le rendre disgracieux.

L'aile d'un oiseau se compose :

D'un *humérus* B, os qui s'articule à l'épaule ;

D'un *avant-bras* D, formé de deux os : E *radius*, et F *cubitus* ou os du coude. Les plumes qui partent de cet os portent le nom de *rémiges secondaires*; il n'est pas nécessaire de les faire disparaître ;

A l'extrémité de l'avant-bras, se trouve la main, formée : d'un *pouce* G (dont les plumes sont appelées *rémiges bâtardes*) et de *doigts* C qui portent les *rémiges primaires*.

Il s'agit de faire disparaître ces plumes en laissant intactes les *rémiges bâtardes* G.

Pour cela, l'oiseau est maintenu entre les jambes de l'opérateur; on saisit le fouet de l'aile, comme le montre notre dessin, il faut avoir soin de serrer un peu fortement l'avant-bras entre le radius et le cubitus, parce que cette compression arrêtera l'effusion du sang.

De forts ciseaux, bien effilés, sont passés au-dessous du pouce de l'oiseau qu'il faut respecter. Un coup, donné parallèlement au sens des plumes, enlève brusquement la main de l'oiseau, à 1 cent. de l'articulation.

La main tout entière tombe avec les rémiges primaires.

Aussitôt, à l'aide d'un morceau de nitrate d'argent que l'opérateur tient, par son enveloppe, entre ses dents, on cautérise la plaie (on n'emploiera pas le fer rouge, parce qu'il forme un calus disgracieux).

On lâche aussitôt l'animal qui ne tarde pas à reprendre sa gaîté.

Si l'on n'a pas opéré la section bien parallèlement à la direction des plumes, on a dû couper quelques racines en biais; c'est pourquoi il repousse ordinairement deux ou trois plumes près du point de section ; s'il en repoussait davantage, il faudrait recommencer, parce que l'oiseau, bien que gêné pour le haut vol, pourrait encore s'échapper.

On conseille de ne pas opérer l'éjointage au moment de la grande chaleur, et de tenir ensuite les oiseaux à l'ombre pendant un jour ou deux.

AGE ADULTE.

Lorsque les faisans ont revêtu un vêtement approprié aux froids de l'hiver, ils deviennent robustes et n'ont plus rien à craindre.

On peut les séparer de leur mère. S'ils ne sont pas éjointés, de façon à vivre en liberté dans un enclos, on les enfermera tous ensemble dans une grande *volière* où ils resteront jusqu'à la fin de janvier; cependant on peut, dès le mois de décembre, les apparier et mettre chaque mâle avec ses femelles dans le compartiment séparé qu'ils ne doivent plus quitter jusqu'à la fin de la ponte.

Le faisan craint les pluies et l'humidité plutôt que le froid. Passé le mois de novembre, il ne faut pas le laisser exposé aux intempéries.

Sa demeure sera bien couverte, close à l'ouest et au nord, ouverte au sud ou au levant; le sol en sera élevé pour éviter l'humidité; les perchoirs seront aussi haut que possible.

Les faisans ne doivent point aller dans l'espace grillagé avant le 15 ou le 20 mars. On profitera de leur absence pour le bêcher et l'ensemencer de verdure que les oiseaux trouveront au printemps.

Pendant l'hiver, il faut aux faisans une nourriture forte et échauffante : sarrasin, petit blé, maïs, gland concassé, mie de pain, verdure, mouron blanc, ortie, salade, choux, épluchures de toute sorte, etc. Toujours peu de chènevis, parce qu'il échauffe trop et peut donner la phthisie; pas d'avoine. De l'eau tiède au besoin en quantité, et renouvelée tous les jours; sinon les volières seraient dépeuplées par l'indigestion et la pépie; c'est surtout pendant l'hiver que le faisan est en butte aux attaques des maraudeurs à quatre pattes : furet, fouine, putois, chat et même rat d'eau. Il est prudent de faire emplète d'un bon chien terrier qui les tiendra à distance.

Une grande volière de 25 mètres carrés peut contenir facilement, jusqu'à l'époque de la *pariade*, de 25 à 30 individus. Mais alors on ne peut les tenir enfermés dans le hangar; il faut leur donner toute la volière, qu'il est bon d'entourer, jusqu'à 1ᵐ 50 de haut, avec des paillassons qui abriteront les côtés non adossés à un mur.

On aura soin de tapisser le sol de la volière avec de la paille fraîche renouvelée de temps en temps.

Volière. La volière est un grand parquet établi pour maintenir les jeunes faisans depuis leur sortie du parquet.

La volière est indispensable aux espèces délicates; elle ne diffère du parquet proprement dit que par ses dimensions. D'ailleurs l'abri que l'on ménage aux oiseaux ne se compose plus d'une boîte; c'est un vaste compartiment couvert d'un toit en pente. La volière donne, en petit, tous les plaisirs de la vie sauvage aux oiseaux qu'elle contient; sur-

côté. L'exposition au midi n'est pas recommandable; celle de l'est lui est bien préférable, parce que tous les oiseaux aiment à se réchauffer aux premiers rayons du soleil, tandis qu'ils recherchent l'ombre lorsque la chaleur devient plus intense.

Le sol de la volière doit être ameubli; au centre, on peut creuser un bassin de 15 à 20 centim. de profondeur, bien cimenté, ou même construit tout simplement avec du ciment de Portland, sans qu'il soit alors nécessaire d'employer de pierre.

Éjointage. — Manière d'opérer.

1. Piége à moineaux. — 2. Panier pour le transport du Faisan.

tout si elle est traversée par un filet d'eau courante.

Comme elle est plantée d'arbres, semée de gazon, traversée par de belles allées sablées, les oiseaux s'y trouvent bien, et il ne leur manque plus que l'espace.

Le terrain doit être en pente douce et le réduit ou maison couverte sera construit du côté le plus élevé.

La volière sera, autant que possible, exposée au soleil levant.

De cette façon elle présente une de ses extrémités au sud, une autre au nord et sa façade au levant.

Elle est préservée, à l'ouest, des grandes pluies fouettantes, qui viennent de ce

Autour de ce bassin, toujours utile lorsqu'on dispose de l'eau nécessaire pour l'emplir, on ménage une large allée garnie de gros sable et bordée de buis nain, de plantes odoriférantes (thym, lavande, etc.). Derrière la pièce d'eau, on dressera un rocher en miniature.

Le reste du terrain sera semé de gazon très-épais, au milieu duquel on plantera çà et là des buissons d'ifs, de lauriers-thym et d'autres arbustes toujours verts, qui fourniront de l'ombre aux oiseaux.

Lorsque la volière est de petite dimension, on se contente de la sabler complètement et, au milieu, au lieu de creuser un bassin, on plante un arbuste à feuillage persistant.

La meilleure clôture, la seule même qui soit recommandable, se compose d'un grillage en fil de fer galvanisé, à maille de 2 centim., et peint en *vert foncé* (jamais en couleur claire). Cependant cette clôture demande une certaine mise de fond, surtout lorsque la volière est grande. Le grillage coûtant environ 2 fr. le m. courant, l'éleveur qui com-vrir les parquets et les volières par un grillage en forme de toit plat; il est bien préférable que le toit aille en pointe, parce que les oiseaux en volant ne se heurtent pas la tête aussi violemment que contre une surface horizontale.

M. E. Leroy compose sa volière à l'aide de châssis de sapin revêtus d'un treillage de fils de fer galvanisés. Il surmonte ce système de châssis par un treil

Grande volière.

mence et qui a beaucoup de frais à faire, y regarde quelquefois d'un peu plus près. Il emploie alors une clôture de lattes, maintenues par des pieux de distance en distance, et reliées ensemble par des fils de fer tordus.

C'est, en plus grand, le système des clôtures courantes des chemins de fer. Mais même dans ce cas, il est bon d'avoir recours au treillage de fil de fer pour couvrir le tout.

On conseille, avec raison, d'abandonner l'ancien système qui consiste à couler lage de fils de fer, ou par un simple filet goudronné.

Ces châssis présentent l'avantage de permettre le démontage et le remontage de la volière, puisqu'on peut défaire celle-ci pièce à pièce et enlever, en peu d'instants, le filet qui la recouvre, les châssis qui l'entourent et les poteaux qui maintiennent les châssis; si l'on a construit l'abri avec des planches, on pourra le démonter de la même façon et facilement transporter le tout.

Malheureusement le bois donne asile

à une foule de parasites ennemis des faisans et surtout des faisandeaux.

Dans tous les cas, il est indispensable d'établir un abri; on couvrira donc une partie de la volière, soit avec des planches, soit avec des tuiles. Cette toiture doit se trouver en pente, pour faciliter l'écoulement des eaux.

Dans la plus grande longueur de la volière, on placera un grand perchoir composé de deux montants et de traverses placées en triangle à 1 m. environ du sol.

Ce perchoir est couvert par un toit formé de deux lés assemblés de toile imperméable, ayant 80 cent. sur chaque face du toit.

D'autres perchoirs doivent être disposés dans le hangar qui sert de refuge aux oiseaux quand il pleut.

Dans cette volière, on peut mettre avec les faisans, d'autres oiseaux, pourvu que ceux-ci aient des mœurs et un mode de nidification qui ne les gêne pas. La même volière peut donc contenir, avec les faisans, des tourterelles, des pigeons, des perruches et autres oiseaux qui se tiendront dans le haut de l'habitation. Alors on dispose, sous le toit du réduit, un ou plusieurs paniers, pour les nids des colombes ou des troncs creux pour les nids de perruches; on place, à proximité du nid, de petits perchoirs et une mangeoire qui contient les graines destinées aux oiseaux volants.

La volière doit être pourvue d'eau courante autant que possible; sinon, il faut la présenter dans un abreuvoir, comme le montre un de nos dessins, et la renouveler au moins une fois par jour. Près de l'abreuvoir, on place la mangeoire munie des grains nécessaires.

En arrière du hangar règne un corridor percé de petites ouvertures vitrées qui permettent de surveiller ce qui se passe dans le réduit.

Des portes font communiquer le corridor et le hangar; c'est par là que l'éleveur s'introduit dans la volière; il doit le faire, autant que possible, lorsque les animaux sont dans la partie grillagée. Il n'entrera jamais chez eux brusquement ou en faisant beaucoup de bruit. Il annoncera, au contraire, son arrivée en passant une ou deux fois devant le grillage et, si ses visites ont lieu à heures fixes, les oiseaux ne seront pas effrayés.

Dans le corridor, on dépose les graines et les provisions de nourriture; il est donc nécessaire qu'il soit fermé par une porte et que l'on y fasse la chasse aux petits rongeurs.

Mangeoire. La nourriture des faisans peut leur être donnée tout simplement dans un grand plat; mais alors, ils la gaspillent et la partagent le plus souvent avec les rats ou les moineaux.

Pour obvier à ces inconvénients, on a inventé la *trémie*, espèce d'auge qui contient plusieurs cases fermées par une trappe à bascule. Lorsqu'un oiseau vient s'y poser, le poids de son corps fait ouvrir la trappe et la nourriture se présente.

M. Plateau a imaginé une mangeoire dont il donne la description dans le journal *l'Acclimatation* (20 mai et 5 juin 1875).

« Supposez, dit-il, un de ces petits théâtres en miniature, vendu aux enfants, comme joujou, sur toutes les foires. C'est la mangeoire; le faisan s'en approche et fait lui-même lever la toile... Un tablier placé au *parterre* sert de plancher au faisan, qui s'approche de la *scène*... Ce plancher, attaché à un petit levier tenant le haut du rideau, fait basculer en arrière; la toile est levée et le spectacle est magnifique pour l'oiseau : il n'a qu'à manger. »

L'appareil se compose de trois parties principales et indépendantes :

1° Une *boîte*, formant auget et couverte d'un toit incliné; c'est la scène;

2° Une *toile métallique* fermant la mangeoire; elle est portée par une baguette qui traverse, à chaque extrémité, les parois supérieures de la boîte et qui s'y meut librement. Deux bâtonnets en massue sont fixés aux extrémités de la baguette portant la toile. Leur poids fait appuyer fortement les bas du grillage contre la partie intérieure de l'auget et la mangeoire est solidement fermée;

3° Un *tablier*. Il se compose d'une échelle en baguettes plates. Les deux extrémités en sont rattachées, par de la ficelle ou du fil de fer, aux extrémités antérieures des bâtonnets en massue.

Lorsque le faisan s'approche de la mangeoire, son poids fait baisser le tablier jusqu'à terre; les ficelles attirent dans la même direction la partie antérieure des massues, dont l'autre partie se relève ; la baguette tourne et entraîne la toile qui fait un mouvement en arrière.... la mangeoire est ouverte.

La longueur et le poids des massues doivent être proportionnés au poids du tablier et à la force de l'oiseau.

« Il est bon, pour habituer l'oiseau à cette boîte, de la tenir ouverte les deux ou trois premiers jours, en posant une pierre sur le tablier.

« Cette mangeoire peut rendre d'utiles services aux éleveurs ; elle en peut rendre de semblables aux propriétaires de chasses qui font élever des faisans pour les lâcher ensuite dans les forêts.

« En effet, dans ce cas, il est toujours prudent, au moins dans les premiers mois, de fournir aux jeunes faisandeaux, en outre de la nourriture qu'ils trouveront eux-mêmes dans la forêt, une nourriture complémentaire. Celle-ci est bientôt enlevée par les rongeurs ou les petits oiseaux. Si l'on emploie la mangeoire que je viens de décrire, les faisans et les faisandeaux y trouveront une utile provision qu'il suffira de renouveler de temps en temps et ils reviendront très-volontiers visiter ce garde-manger, auquel ils auront été habitués de bonne heure.

« Ce peut être, en outre, un moyen de les fixer dans un canton particulier de la forêt, où ils seront assurés de trouver leur nourriture. » (PLATEAU.)

Cet appareil se vend 4 fr. 50.

Piége à moineaux. Les moineaux s'introduisent facilement dans la volière et dans les parquets ; telle est leur effronterie, qu'ils viennent enlever la nourriture des faisans sous le regard même de l'éleveur. Pour limiter cette dilapidation, on tend aux petits pillards des piéges de toute sorte dans les environs des volières.

Le piége le plus simple et le plus infaillible se compose d'un panier percé de plusieurs goulets par où les moineaux peuvent entrer dans l'intérieur, mais qui ne leur permet pas de sortir. Dans la cage, on place un moineau et de la nourriture. L'oiseau enfermé attire ses camarades par ses piailleries et l'on en détruit ainsi une grande quantité.

Changement de domicile. Il est toujours dangereux d'effaroucher les oiseaux en les poursuivant dans leurs volières. Lorsqu'on veut s'en rendre maître pour les changer de domicile, il faut agir par surprise et englober l'oiseau, par terre ou au vol, dans une grande poche de ficelle montée sur un cerceau de fer de 70 centim. d'ouverture et ajustée au bout d'un manche à balai. Surpris, l'oiseau ne se débat pas ; avant qu'il ait eu le temps de se reconnaître, on le saisit par la naissance des ailes et on le place immédiatement dans un panier à claire-voie en osier pour le transporter.

Emballage. Mais si le transport doit durer longtemps, le panier est insuffisant, parce que l'oiseau, effrayé par le bruit de la voiture, le va-et-vient des voyageurs, fait à chaque instant des efforts désespérés pour s'échapper, si on ne le plonge pas dans une obscurité aussi complète que possible. On aura donc recours à un panier d'un tissu serré, fermé d'abord au moyen d'une toile d'emballage bien tendue destinée à amortir les coups que se donneraient les captifs en tressautant, et ensuite, par un couvercle légèrement bombé pour les préserver des chocs provenant du dehors. Ce panier aura de 30 à 35 centimètres de haut. Dans le fond, on établira une litière de foin, de sorte que l'oiseau maintenu dans une position à demi accroupie, ne puisse prendre d'élan pour sauter.

La forme du panier sera ronde ; il mesurera de 60 à 75 centim. de diamètre, suivant la longueur de la queue. De cette façon le faisan pourra se retourner dans tous les sens sans briser son plumage.

On peut mettre ensemble, dans un panier de cette dimension, un couple de faisans ; mais on n'y doit point réunir deux oiseaux qui ne se connaissent pas ou qui ne sont pas de même espèce, et même les faisans rares ou très-farouches veulent chacun un panier séparé.

Avant de s'introduire dans la volière, on coud avec de la ficelle, la toile d'emballage sur le panier, de façon qu'elle soit bien tendue ; on n'interrompt la couture qu'en face de l'ouverture du panier. On entre ensuite dans la volière en dissimulant les deux objets (filet pour saisir les oiseaux et panier pour les enfermer).

L'oiseau pris dans le filet, on le saisit et on le porte dans l'endroit le plus sombre de la volière pour l'introduire dans le panier. Plongé dans l'obscurité, il ne songe pas à se faufiler par l'ouverture pour prendre la clef des champs et on peut se livrer à la chasse du camarade que l'on veut lui donner dans le même panier. Ensuite on achève de coudre la toile et, par-dessus, on fixe le couvercle d'osier au moyen de quatre bouts de fils de fer passé dans le bord

Si le trajet ne doit pas durer plus de 24 heures, toute autre nourriture est inutile ; on peut même porter ce laps de temps à 48 heures, si l'on a soin de n'emballer les oiseaux que le soir, après qu'ils se sont repus par leur dernier repas.

Déballage. Lorsqu'il s'agit de gibier destiné aux volières et si le voyage a été long, on déposera le panier débarrassé de la toile, dans l'endroit le plus

Réduit à couver.

supérieur du panier et à égale distance les uns des autres.

Transport des faisans. Il ne faut jamais donner à boire aux oiseaux qui voyagent, parce que l'eau, se répandant au moindre cahot, ne leur profiterait pas et les mouillerait ; les voyageurs se passeront de boisson, si on a le soin de fixer par une couture, à l'intérieur et au milieu de la toile qui recouvre le panier, un ou deux pieds de laitue ou un tampon de chicorée sauvage, de mouron blanc ou d'ortie commune.

sombre de la volière. A côté du panier, on placera de l'eau, du pain trempé dans du lait et un tas de cendres pour que l'oiseau puisse se repaître et prendre un bain au sortir du panier.

Lorsqu'on juge, au bout de quelques minutes, que le faisan est suffisamment accoutumé à la lumière dont il a été sevré, on le sort du panier et on le laisse seul pendant plusieurs heures. On conseille même d'opérer le soir un peu avant la tombée de la nuit et de laisser l'oiseau tranquille jusqu'au lendemain.

Si, au lieu d'un faisan, on en avait transporté deux (un mâle et une femelle se connaissant déjà), on pourrait les déballer ensemble, dans la même volière. Mais si l'on amène ainsi un seul sujet d'une espèce farouche, un doré, par exemple, sa réunion fortuite avec des sujets de son espèce n'est pas sans danger. Il faut le déposer dans un compartiment voisin, de façon que les oiseaux puissent se voir et faire connaissance à travers un grillage.

Au bout d'une quinzaine de jours, on introduit le mâle dans le compartiment de la femelle. Si les premières manifestations sont hostiles, on recommence l'épreuve; mais si le coq fait la roue et

On enfermera, dans un compartiment séparé, chaque coq avec deux ou trois femelles. Le nombre de femelles ne saurait, en captivité, dépasser ce chiffre. Cependant, si l'on n'avait qu'un seul coq pour un grand nombre de poules, on mettrait ces dernières deux à deux dans des compartiments séparés et l'on enfermerait tour à tour le coq dans chacune des cases, un jour chaque fois : de cette façon, la fécondation sera à peu près assurée pour toutes vos faisanes, parce que le coq féconde, en un seul acte, tous les œufs que contient la grappe ovarienne.

Age des reproducteurs. Les espèces les plus sauvages (commun, indien, mon-

Volière à toiture plate

se rapproche de la faisane d'un air soumis, s'il l'appelle pour lui offrir du grain et si elle accepte, l'anneau des fiançailles est échangé.

Si le faisan est destiné au repeuplement des chasses, il y a tout avantage à le lâcher immédiatement dans le lieu ou l'on veut qu'il vive.

REPRODUCTION.

Nous avons dit que l'on peut apparier les faisans dès le mois de décembre. Mais cette précaution ne devient indispensable que vers la fin de janvier, car passé cette époque, les mâles se livreraient entre eux des combats furieux où les plus faibles trouveraient la mort.

gol, etc.) sont aptes à la reproduction dès le printemps qui suit leur naissance; mais la reproduction est toujours meilleure la deuxième année que la première.

Les faisans d'agrément (argenté, doré, etc.) produisent quelquefois des œufs fécondés la première année; mais il ne faut pas s'y fier avant la deuxième année.

Du reste, le faisan n'est bon reproducteur qu'à partir du moment où il a revêtu sa livrée complète.

La fécondité dure de 5 à 6 ans.

Installation des reproducteurs. Chaque coq apparié devant se trouver dans un compartiment séparé, l'éleveur se trouve souvent embarrassé, faute d'espace ou de volières.

Si ses oiseaux sont *éjointés*, les difficultés se simplifient. Il mettra chaque coq avec ses femelles dans une cour ou partie de cour bien close, avec un petit toit ou un hangar, dans le fond duquel il organisera un petit *réduit*. S'il n'a pas éjointé ses faisans, il sera forcé de les garder dans des parquets ou dans une grande volière divisée en autant de compartiments qu'il y a de coqs.

« Étant donnée, dit M. E. Leroy, une volière de trois, quatre ou cinq compartiments, reléguer dès le commencement de novembre tous les élèves dans le compartiment le mieux exposé et le mieux abrité. Planter dans chacun des autres un petit massif d'arbustes toujours verts, genévriers, petits sapins, etc., occupant le cinquième à peu près de la superficie ; la partie couverte doit rester sablée. Puis gazonner et ensemencer en seigle le surplus du compartiment, de manière à ce qu'au printemps suivant, vos reproducteurs, quand vous les y installerez, puissent trouver des abris naturels pour se raser et se cacher, et en même temps, de la verdure à discrétion dont, à cette époque de l'année surtout, ils sont excessivement friands. »

Dans tous les cas, il faut établir de petits *réduits à couver*, dans les coins du hangar. Les femelles viendront y pondre, derrière une botte de paille disposée comme nous l'avons dit précédemment.

Au lieu d'une botte de paille, on peut établir des paillassons ou des nids en planches, dans les recoins du hangar.

Comme les mâles sont très-jaloux, très-querelleurs et très-batailleurs, la vue d'un autre mâle les trouble, les irrite, les exaspère au point qu'ils n'ont d'autre passion que de se mesurer avec lui. On séparera donc les parquets, de telle sorte que les coqs ne se voient que difficilement. Pour cela, une séparation *pleine* est utile jusqu'à une hauteur de 50 centimètres.

M. E. Leroy a imaginé un *abri-pondoir* qui est un véritable meuble. Il le compose de paille de seigle qu'il tresse et qu'il maintient à l'aide de fil de fer n° 6, bien recuit. Il lui donne la forme d'une moitié de ruche fendue dans le sens de sa longueur et il ménage une ouverture vers le bas. Il fixe l'appareil à l'aide d'un bout de fil de fer, à un des angles de la volière, correspondant à une trappe qui s'ouvre du dehors et par laquelle il peut enlever les œufs sans se montrer.

Nourriture des reproducteurs. Si la nourriture des reproducteurs n'est pas excitante et variée, la fécondation sera toujours douteuse. On donnera donc aux oiseaux une alimentation stimulante, composée d'une pâtée sèche de mie de pain, d'œufs durs et de grains de chènevis, le tout bien mélangé par parties égales. On peut y ajouter du petit blé. La verdure sera à discrétion et se composera de mouron blanc, de gazon, de laitue et d'oseille.

C'est vers le commencement de mars que la pâtée sèche devient nécessaire ; on la servira trois fois par jour : à 7 heures du matin, à midi et à 5 heures du soir. La quantité en sera calculée de telle sorte que les oiseaux ne laissent pas de restes.

Ce régime sera suivi jusqu'à la fin de la ponte.

On y ajoutera le mélange de sel de nitre et de plâtre dont il a déjà été parlé au paragraphe traitant des *œufs*.

Ponte. C'est vers le milieu du mois de mars que commence la ponte. A ce moment plus que jamais, il faut éviter d'effrayer les oiseaux, surtout s'ils appartiennent à des espèces sauvages ; on éloignera les chiens, les chats, les enfants bruyants et les personnes étrangères. On s'approchera de la volière à pas lents, en annonçant son arrivée, en passant plusieurs fois devant le grillage.

On entrera dans la volière le moins possible ; il est même nécessaire, à cette époque, d'introduire la nourriture et la boisson par une trappe et de retirer les œufs des pondeuses par une autre trappe communiquant avec le nid.

Faute de ces précautions, faute surtout de réduits bien cachés et de nids bien préparés, on s'expose à trouver les œufs sur le sable de la volière. Alors, on les enlèvera le plus tôt possible pour ne pas donner aux producteurs le temps de dévorer leur progéniture.

On entrera dans la volière pour donner de la nourriture et lorsque les faisans seront bien occupés à la manger, on enlèvera et on cachera les œufs prestement, en tournant le dos aux oiseaux, *sans avoir l'air de rien.*

Les faisanes pondent ordinairement une dizaine d'œufs la première année ; ensuite une douzaine, puis une quinzaine lorsqu'elles sont dans toute leur force.

Pour attirer les faisanes dans leur nid, on est dans l'habitude d'y placer un œuf en plâtre ou en bois peint. Aussitôt qu'on a recueilli un œuf, on le porte en lieu frais et obscur, dans une boîte pleine de son.

Empêcher les faisans de briser les œufs. Lorsque les faisans brisent leurs œufs, on les guérit de cette manie par le moyen suivant : on fait un trou à l'extrémité d'un œuf de faisan ; par ce trou, on vide l'œuf et on l'emplit ensuite d'un mélange de forte moutarde et de poivre en poudre. On bouche le trou avec du plâtre délayé dans de l'eau et on met l'œuf à la disposition des faisans. En le brisant, leur bec s'enfonce dans le mélange ; cela les guérit pour toujours.

Achat des reproducteurs. Il ne faut point attendre le printemps pour faire les acquisitions, parce que le changement de domicile troublent ces oiseaux farouches. L'automne est la bonne saison ; les faisans ont ensuite tout l'hiver pour s'habituer à leur nouvelle demeure.

REPEUPLEMENT.

L'éleveur n'a pas seulement pour but de conserver ses oiseaux en volière ni de les condamner à une domesticité complète.

Certaines espèces se plient difficilement à l'esclavage et ce serait les déshonorer que de les abaisser au rang d'une vulgaire volaille. Ce rôle peut seulement convenir aux espèces dites d'agrément : Faisan de Cuvier, Mélanote, Leucomèle, Prélat, faisan de Swinhoë, bicolor ou blanc, tricolor ou doré et plusieurs autres parmi lesquels il ne faut pas oublier le Lady Amherst.

Mais les *espèces de chasse*, ordinairement plus farouches, ne s'apprivoisent que très-difficilement ; ce sont : le Commun et ses variétés, le Mongol, le Versicolor, le Vénéré, etc., que l'on ne cherche point, avec raison, à réduire en domesticité. Lorsqu'on les élève en grand, c'est pour repeupler un bois, un parc, une forêt où on les retrouvera ensuite au moment de la chasse.

Avant de leur donner la liberté, il est indispensable de faire disparaître, du canton qu'ils doivent habiter, tous leurs ennemis naturels : renard, chat sauvage, oiseaux de proie. On doit aussi prendre ses précautions contre les braconniers ; mais ceci est l'affaire des gardes-chasse.

MANIÈRE DE LACHER LES FAISANS. *Ancienne méthode.* « On peut donner la liberté aux faisans, lorsqu'ils ont deux mois et demi. Pour les fixer on transporte avec eux leur caisse et la poule qui les a élevés ; la nécessité ne leur ayant pas appris les moyens de se procurer de la nourriture, il faut encore leur en porter pendant quelque temps ; chaque jour on leur en donne un peu moins, chaque jour aussi ils s'accoutument d'en chercher eux-mêmes.

« Insensiblement ils perdent de leur familiarité, mais sans jamais perdre la mémoire du lieu où ils ont été déposés et nourris ; on les abandonne enfin, lorsqu'on voit qu'ils n'ont plus besoin de secours. » (TEMMINCK.)

Système de M. E. Leroy. M. E. Leroy aviculteur à Fismes, porte ses élèves dans le lieu qu'il veut repeupler dès que ses faisandeaux ont atteint l'âge de trois semaines.

« Quand vos élèves ont trois semaines, dit-il, au lieu de les porter à la volière, vous les portez purement et simplement en liberté.

« La boîte à couver, abondamment sablée et de bonne dimension, 50 à 60 centimètres de côté, et contenant la poule et ses élèves, est exposée à un kilomètre environ de l'habitation, pour éviter la visite des chiens ou des chats, dans un endroit écarté des chemins et abrité, dans un jeune taillis.

« Tout étant disposé pour que la poule *captive* et ses petits aient à portée de la boîte de l'eau bien pure, de l'orge pour la nourriture de l'éleveuse, et des graines variées (pâtée, blé concassé, millet, alpiste et surtout moha de Hongrie), pour les petits, vous levez doucement la trappe et laissez vos élèves aller en liberté. Après vous être assuré que tout est tranquille, vous vous éloignez.

« Vos oisillons ne tarderont pas à se trouver au mieux de leur nouvelle condition, en raison de la liberté complète, de l'espace illimité, de la verdure variée et de la libre poursuite des insectes qui leur échoit; élevés dans leurs conditions naturelles, ils deviendront bientôt vigoureux.

« Il vous faudra visiter trois fois par jour la petite colonie pour renouveler la provision d'eau et de nourriture.

« De plus, tous les deux jours, vous changerez vos élèves de canton, en les portant à 100 mètres plus loin, de façon à ce qu'ils trouvent toujours en abondance des insectes, lorsque le canton dans lequel ils ont pâturé se trouve épuisé.

« Pour cela, vous profitez de votre visite du soir, que vous retardez jusqu'à l'heure où les petits sont rentrés et endormis sous leur mère, et vous fermez la trappe.

« Ce sont des soins un peu assujettissants, mais ces soins sont de peu de durée, et la plupart du temps, ils seront singulièrement abrégés...

« Durant les premiers temps, les faisandeaux exposés dans les taillis, rentrent assez assidûment auprès de la poule éleveuse ; mais à la fin, il arrive que la boîte commence à devenir trop étroite pour les contenir tous. A partir de ce moment, les plus vigoureux prennent l'habitude de se percher et de coucher au dehors, à proximité; puis peu à peu leurs frères les imitent et ils finissent par s'habituer à passer la nuit sur les branches voisines, et finalement à ne plus rentrer avec la mère.

« Dès lors, vous vous contentez d'emporter votre poule. Mais il est bon de laisser en place la boîte pendant quelque temps encore et de continuer à apporter des provisions à proximité.

Cette boîte, où ils ont élevés, à laquelle ils savent trouver une nourriture assurée, est le signe qui rallie vos faisandeaux et les empêche de s'éparpiller au loin.

« Cette méthode a l'avantage de faciliter beaucoup la surveillance de l'éleveur, qui sait où trouver ses élèves à coup sûr, et le met à même de s'assurer de temps en temps de la situation de la colonie. »

Système Bemelmans. M. Charles Bemelmans dans ses *Conseils aux chasseurs* (Goin, éditeur). préconise la manière suivante :

« Il ne faut, dit-il, lâcher les faisans qu'à partir du 1er mars, et dans les endroits les plus tranquilles du bois ; pendant les 8 ou 10 jours suivants, on doit leur porter de la nourriture mêlée avec de la menue paille, et les garantir des braconniers à la perchée.

« Après avoir mis vos faisans dans de grands paniers très-bas, vous les emportez, le soir, à la nuit, ou le matin au point du jour, au milieu de votre bois, vers un taillis de 5 à 6 ans, bien fourré; vous agrainez la place, vous prenez vos faisans un à un, en leur mettant la tête sous l'aile et en les tournant quelque temps pour les endormir, puis vous les posez dans l'herbe.

Boîte pour le transport des fourmis et tiroir de la boîte.

Au bout de quelques minutes, lorsque les faisans se réveillent, ils se trouvent dans un endroit calme et bien agrainé; aussi, ils ne cherchent pas à s'envoler, et vous n'avez pas à craindre de les voir aller chez les voisins.

MALADIES DES FAISANS

Les oiseaux, surtout ceux que l'on tient en captivité, sont sujets à une foule de maladies; qu'il est souvent difficile de combattre et que l'on ne peut prévenir que par des soins hygiéniques.

Tous les oiseaux, sans exception, demandent de l'*espace*, c'est une des premières conditions; ils leur faut, quand ils sont jeunes, un libre parcours, soit dans un enclos, soit dans des parquets assez grands pour qu'ils y puissent prendre les ébats si nécessaires à leur développement.

Tous aiment la verdure et une nourriture variée, du sable bien sec, un peu de calcaire, une pierre de grès pour s'aiguiser le bec, un abri contre les vents du nord et ceux de l'ouest, une grande propreté.

« Il faut bien se persuader, dit M. de la Blanchère, que la plus grande propreté est de rigueur dans tout ce qui tient à l'élevage des oiseaux, et que les menus soins, les attentions raisonnées dont on les entoure assurent plus de la moitié du succès. On doit toujours craindre la vermine, les parasites ; examiner attentivement le ventre et le dessous des ailes des couveuses. Si elles ont des poux, on frottera les parties

M. Daviau conseille, dans le journal l'*Acclimatation*, de donner de l'eau ferrugineuse. « Prenez, dit-il, chez le serrurier de votre village, un ou deux kilos de limaille de fer, mettez dans un baquet rempli d'eau. Chaque matin, vous puisez à ce baquet la quantité de boisson suffisante pour la journée, et vous la remplacez par une même quantité d'eau claire. Faites-ceci et dites-m'en des nouvelles. »

Symptômes des maladies. L'oiseau malade se tient à l'écart, fait le gros dos et mange peu ou point du tout.

Traitement. Aussitôt que l'on s'aperçoit de la maladie d'un faisan, on le met à part, de crainte de contagion, on le porte dans une chambre chaude où on tient à sa portée des œufs de fourmis et de l'eau aromatisée par quelque grains de genièvre. On examine le malade avec le plus grand soin pour tâ-

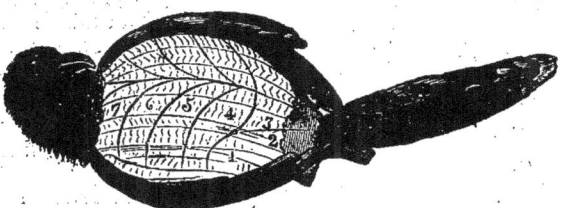

Manière de servir le faisan rôti

envahies avec de la pommade camphrée. La boîte sera repeinte et passée à l'essence avant de servir à nouveau. Surtout pour les jeunes, ces parasites sont terribles. »

Enfin de l'eau toujours pure. « L'eau calcaire, dit M. E. Leroy, celle qui cuit difficilement les légumes, ne convient pas, surtout pour les jeunes oiseaux. Si l'on n'en a pas d'autre à sa disposition, il faut l'épurer préalablement par l'ébullition.

« Cette eau sera servie l'été dans un siphon ou un vase de grès tenue à l'ombre pour la maintenir fraîche ; l'hiver dans un plat de zinc évasé, non susceptible d'être brisé par suite de la congélation.

« L'eau doit être renouvelée au moins une fois par jour ; il ne suffit pas d'en donner une grande quantité à la fois et de la laisser ensuite jusqu'à épuisement. »

cher de découvrir la cause de son mal. On passe successivement tous ses organes à l'inspection : langue, yeux, tête, cou, ailes, pattes, croupion, etc. Une bonne précaution est de le purger tout d'abord.

« La purgation, dit M. Daviau, est pour les gallinacés un véritable onguent de fier-à-bras ; elle guérit presque tous les maux ; la pépie elle-même ne lui résiste pas. Faites-en plutôt l'essai. Allez trouver un apothicaire ; pour votre argent, vous en obtiendrez facilement un peu d'aloès en poudre. Vous en prendrez 20 centigr., plus ou moins, suivant l'âge ou la force du sujet, vous enveloppez d'un peu de beurre, vous introduisez dans le bec de votre oiseau et tout ira, même sans le bouillon de chou vert. Cette médication est excellente pour la maladie de foie. Vos oiseaux marchent péniblement ; ils boîtent et font le *gros* ; il n'y a cependant du côté des pattes aucune infirmité apparente ; c'est le signe diagnostic d'une grave affection au foie ; vos volailles ont le *foie piqué*. Purgez.

« Votre oiseau a les voies respiratoires embarrassées, il respire difficilement ; il fait entendre une espèce de sifflement comme un pauvre asthmatique ; il fait pitié à voir, pitié à entendre ; il semble près d'étouffer. Si vous le purgez aujourd'hui, il sera guéri demain.

« Purgez aussi contre le mal d'yeux. Pour cette dernière infirmité, vous ajouterez l'eau tiède de guimauve en lavage. Vous prendrez ensuite toute petite pincée de sulfate de zinc, que vous jetterez dans un verre d'eau, et, avec cette solution, vous bassinerez la partie malade de votre oiseau. En trois ou quatre jours, le mal aura disparu.

« Vos oiseaux ont-ils la diarrhée ? Vous avez la poudre carminative. Une cuillerée à bouche dans un litre de son, le tout mouillé et bien mélangé. Vous donnez cette pâtée, ayant soin d'écarter tout autre aliment. Remède d'un effet surprenant.

« Enfin, votre charmant oiseau est défiguré par une espèce de gale qui s'attache, en forme de grosses rugosités, aux pattes, au bec et quelquefois envahit une partie du corps. Attaquez ce mal à l'aide de l'onguent gris, 1 gr. mêlé à 9 ou 10 gr. d'axonge. Enlevez avec l'ongle les rugosités ; frictionnez légèrement ; ayez soin qu'il ne reste rien que l'oiseau puisse becqueter ; vous vous exposeriez aux plus affreux malheurs. Le simple emploi de ce médicament rendra à votre oiseau sa première beauté ; ce sera l'affaire de trois semaines. » (*L'Acclimatation* du 20 janvier 1875.)

« Je conseille l'*aloès en poudre* et non en *grumeau* ; en poudre, il se dissout plus facilement et son effet est plus prompt. 25 centigr. suffisent ordinairement ; lorsque le remède n'a pas eu d'effet, on peut le renouveler au bout de 24 heures.

« Avis important. Votre oiseau a peut être une gastrique ; il est presque toujours à la mangeoire ; mais la nourriture ne profite pas ; il reste maigre ; il a l'air d'un avorton. Purgez, mais avec l'huile de ricin. Deux ou trois gouttes dans un peu de beurre salé.

« Quant à la *poudre carminative*, on l'emploi dans tous les cas de diarrhée. Une cuillerée bien mêlée à un litre de son mouillé. Si la poudre n'était pas ainsi mêlée, les malades ne la mangeraient pas. Peut-être votre oiseau est-il de ceux qui ne mangent pas le son ; mêlez votre poudre aux aliments qu'il préfère et au besoin faites avaler de force ; mais pas d'excès. » (*L'Acclimatation* du 20 mars 1875.)

Le faisandier doit, en outre, être muni d'une petite seringue en verre, comme on en trouve chez les pharmaciens, parce que les lavements sont utiles dans certains cas. Que le lecteur ne sourie pas. Les maladies des oiseaux offrent une certaine analogie avec celles des quadrupèdes et les mêmes moyens doivent être employés pour les combattre. Il n'est pas plus étrange de donner un lavement à un faisan que d'en donner à un mouton, par exemple, dont la valeur vénale n'égale pas toujours celle d'un phasianidé d'espèce rare.

Voici le traitement particulier que l'on fera suivre, selon la maladie.

Abcès. S'ils se montrent à la tête, on les amènera à maturité en les frottant avec du beurre frais, puis on fera sortir le pus et on les traitera ensuite à la pommade camphrée ; ou bien, le pus étant sorti, on cicatrisera la plaie en y versant quelques gouttes d'essence de myrrhe. Si les abcès se montrent aux pattes, on les fera mûrir au moyen de cataplasmes de farine de lin ; le reste du traitement comme ci-dessus.

Dans tous les cas, une bonne purge prévient le retour du mal.

Blanc. Maladie parasitaire qui attaque la crête, les pattes et le bas du bec. Laver le mal avec de l'eau de savon, ou de l'eau sédative étendue d'eau ; le frotter avec de la graisse ou du beurre frais chargé de soufre, ou mieux, avec de la pommade d'Helmerich. Prévenir le retour du mal par une grande propreté ; donner du sable et de l'eau bien propre.

Bouton ou maladie du croupion. Les glandes du croupion se gonflent ; des pustules s'y forment ; les plumes de cette partie se hérissent et l'animal cherche à les becqueter. Inciser légèrement le bouton ; faire évacuer le pus,

...malade en lui donnant
... indure à ... eau ... ment
... au lavement ... à la qui-
... indispensable.
... l'oiseau fait de ... ...
... ... enter. Le premier soin
... ... ner un lavement laxatif
... avec un peu de miel, d'huile
... ... miel de mercuriale, etc., on
... eau de guimauve); on arrachera
... ques plumes autour de l'anus et on
... ... ra au malade une pâtée d'herbes
... ... gée avec un peu de miel; ou bien
... ver de farine écrasé dans de l'huile
... amandes douces. On préviendra le
... ... de la maladie par une nourri-
... ... rafraîchissante, de la verdure à
... ... tion et du son mouillé.

Convulsions, haut mal, vertige. Terri-
ble maladie occasionnée par le manque
... exercice, l'excès de nourriture et quelquefois par un abus de soleil. Plonger
... ... et plusieurs fois l'oiseau
... de l'eau très froide; petite sal-
... en coupant un ongle à chaque
... Entourer la tête d'un linge trempé
... eau sédative.

Diarrhée. Elle est occasionnée par
... nourriture trop rafraîchissante,
... une pâtée au son donnée trop
... ... ; elle peut encore être
... par le froid ou l'humidité du
... Il faudra changer le régime, en
... ... pendant quelque temps, aux
... ... secs; faire avaler des baies de
... ... et, deux ou trois fois par jour,
quelques petites cuillerées d'infusion
... camomille mélangée de vin tiède.

Fractures. Lorsqu'un faisan s'est
... ... un membre, il suffit de l'enfermer
dans un lieu parfaitement tranquille où
... ne puisse se percher. On lui donnera
... bonne nourriture. On se gardera de
... le membre fracturé ou de l'entou-
... de petites éclisses. Les fractures se
... ... d'elles-mêmes au moyen
... bourrelet naturel qui soude les
... parties brisées. Pour les fractures
... pattes, on viendra en aide à la na-
... au moyen de petites éclisses liées
... ... ment. Il ne faut pas les enlever
... la soudure.

Goutte. La guérison est rarement ob-
... ; on soulage le malade en le fric-
... ... ant au camphre. On lui donnera
... logement bien à l'abri de l'humidité.

... ... la maladie ... ...
de petites ... ... à ...
On le comme en lotionnant ... ...
atteintes avec du miel ... ...
vinaigre. On donne comme ...
une pâtée de farine d'orge ...
cuite un peu ... ... Cette ...
être tiède ... ... le retour ...
par une grande propreté et un ...
gime.

Pépie. Cette maladie est presque ...
jours due à la rareté ... l'infection ...
l'eau. C'est un vrai ... ... par le ...
les narines sont bouchées ... l'épiderme
de la langue endurci ... ...
ment. Cet épiderme se trans...
un petit cartilage corné dont ...
est très dure. La bête atteinte ...
manger; sa voix devient rau...
frêle, elle se tient à l'écart, ou va
vent le bec comme si elle voulait étér-
nuer, sa tête se hérisse.

On enlèvera le plus doucement possible le cartilage qui couvre le bout de
la langue. Pour cela, on se ...
d'une aiguille ou de la pointe d'un ...
nif. On respectera les parties saines
que l'on enduira d'un peu de beurre
frais. Puis on lavera deux ou trois fois
l'intérieur du bec avec un peu de ...
... ... de l'eau vinaigrée ... ...
... ...
frais, il est si se portera ha-
bituellement le catarrhe.

La *pépie* est quelquefois causée par
une *angine couenneuse* qui forme ...
plaies jaunâtres dans la gorge, au pa-
lais et sur la langue. Il faut ... ...
ces plaies au moyen d'une forte solution d'alun dans de l'eau. On portera
cette solution dans le bec à l'aide d'un
plumasseau de charpie.

Picage. Nous avons déjà parlé de
cette maladie en nous occupant de l'é-
levage.

Plaies. Les plaies peuvent résulter de
combats, d'accidents ou de morsures de
rongeurs. On les lavera avec de ...
d'eau salée ou avec de l'eau-de-...
due d'eau à laquelle on ajoutera ...
gouttes de laudanum.

Les plaies se guérissent sou...
ment d'elles-mêmes; mais ...
nifestait de l'inflammation ...
duirait de pommade camphrée ... em-
ploierait avec avantage le ... ...

bœuf allongé de deux fois son volume d'eau ; il arrête la suppuration et prévient la gangrène.

Poux. Maladie déjà décrite et traitée dans le cours de notre travail.

Rouge. Epoque critique des jeunes faisans. Voir le traitement dans la partie de notre travail qui a trait à l'élevage.

Roupie. Ecoulement d'humeurs par les fosses nasales. C'est une maladie contagieuse et incurable. Dès qu'elle est constatée, on doit tuer l'animal et se garder de le manger.

Vers. Vers l'âge de 3 ou 4 mois, au moment de la mue, les faisandeaux sont sujets à être attaqués par un ver blanc, capillaire, long de 4 cent. environ et roulé en spirale. On détruit ces vers avec du semen-contra ou de la racine de fougère mâle, mélangés à la pâtée. On force les faisans à manger ce mélange, en ne leur donnant pas d'autre nourriture pendant 2 ou 3 jours.

Quelquefois les faisans sont attaqués par de petits vers rouges qui s'accumulent dans leur gosier, gênent la respiration et provoquent une toux sourde. On fera prendre aux malades des décoctions de mousse de Corse ou de l'herbe aux vers. Le plus souvent l'animal périt.

Yeux. Maladie causée par la réunion d'un trop grand nombre de jeunes faisans dans un petit espace.

Une humeur abondante se porte aux yeux et les oiseaux peuvent devenir aveugles.

Il faut aussitôt les isoler, leur donner de l'espace et les mettre à l'abri des courants d'air.

Une purge détourne les humeurs. Si elle ne suffit pas, on aura recours à un collyre au nitrate d'argent ; on injectera dans les yeux une fine poudre de sucre candi et d'ardoise pilée ; on lotionnera la tête et le cou avec de l'eau sédative ; on donnera de la pâtée tiède et des boissons rafraîchissantes.

Quelques éleveurs ont recours à la saignée.

— *Cuisine.* L'oiseau du Phase figure à la cuisine avec autant de gloire que dans nos volières. Les jeunes surtout sont estimés. Leur chair a le goût de celle d'une fine poularde, avec un petit fumet sauvage qui la relève et lui donne bien plus de saveur. Elle est délicate, nourrissante, légèrement stimulante.

Elle ne devient indigeste que lorsqu'ell[e] est trop longtemps attendue ; avan[t] d'être faisandée, elle convient aux es[-] tomacs faibles.

Chez les oiseaux élevés en volière, l[e] fumet n'est jamais aussi relevé qu[e] chez ceux qui proviennent des forêts[.] Mais comme le dit M. E. Leroy, la chai[r] du faisan possède une saveur propr[e] qu'on ne peut confondre avec aucun[e] autre ; il existe à peine une nuance d[e] saveur entre le gibier élevé en escla[-] vage et celui qui a été pris en liberté[;] le premier est plus gras et mieux e[n] chair, mais il perd en fumet ce qu'[il] gagne en embonpoint.

On reconnaît le jeune faisan à ce qu[e]

Faisan isabelle.

ses ergots ne sont encore qu'en forma[-] tion. La femelle qui a pondu et dont l[e] croupion est très-mou ne vaut pas l[e] mâle, même vieux.

« L'étymologie du mot *faisander*, d[it] Grimod, annonce assez que le faisa[n] doit être attendu aussi longtemps qu[e] la pension d'un homme de lettres q[ui] n'a jamais su flatter personne. Natu[-] rellement un peu coriace, c'est de cett[e] longue attente que résulte sa tendress[e] et la succulence de sa chair ; ce qui e[n] interdit l'usage aux personnes dont l[es] humeurs tournent vers la putridité. O[n] le suspend par la queue, et on le mang[e] lorsqu'il s'en détache. C'est ainsi qu'u[n] faisan pendu le mardi-gras est suscep[-] tible d'être embroché le jour de Pâ[-] ques. »

De son côté, Brillat-Savarin n'admi[re] le faisan que lorsqu'il est arrivé à u[n] état de décomposition très-avancé.

« Au-dessus de la bécasse, dit-i[l,] devrait se placer le faisan ; mais peu d[e] mortels savent le présenter à point, [...]

« Un faisan mangé dans la première huitaine de sa mort ne vaut ni une perdrix, ni un poulet, car son mérite consiste dans son arome.

« La science a considéré l'expansion de cet arome, l'expérience l'a mis en action, et un faisan saisi par son infocation est un morceau digne des gourmands les plus exaltés.

« Un faisan aux truffes est moins bon qu'on ne pourrait le croire; l'oiseau est trop sec pour oindre le tubercule, et d'ailleurs le fumet de l'un et le parfum de l'autre se neutralisent en s'unissant, ou plutôt ne se conviennent pas. »

Il faut donc, pour plaire à un véritable gourmand, que la chair du faisan,

rées. Servez le faisan sur le dos après avoir rapporté, rajusté tête, cou, ailes, queue ornés de leurs plumes.

— *Autre*. « Préparez et bardez 2 coqsfaisans que vous mettez en broche; faites rôtir; débrochez, débridez, dressez et glacez; ajoutez 4 bouquets de cresson dans les 2 bouts et dans les 2 flancs; servez le jus des faisans à part dans une saucière.

Observation. On a souvent l'habitude de servir les faisans pour rôti avec la tête et le plumage que l'on fixe à l'aide de broches de fil de fer avant de les apporter sur la table. »

(GOUFFÉ.)

Faisan rôti à la Brillat-Savarin. « Le faisan, dit l'illustre professeur, est une

Mangeoire de faisans, inventée par M. Plateau.

naturellement un peu coriace, soit mortifiée à l'excès. Quelques-uns veulent que le ventre de l'oiseau soit devenu vert avant d'être vidé; d'autres le suspendent par la queue et ne le mangent que lorsqu'il s'en détache.

Faisan rôti. Plumez le faisan, à l'exception de sa tête, de son cou, de ses ailes et de sa queue. Détachez ces parties du reste du corps, pour en entourer l'oiseau en le mettant sur la table. Enveloppez le faisan d'un fort papier beurré; embrochez-le; faites-le cuire de 35 à 45 minutes, devant un bon feu; arrosez avec du beurre et un demi-verre de vin de Madère; mettez dans la lèchefrite quelques rôties de pain beur-

énigme dont le mot n'est révélé qu'aux adeptes; eux seuls peuvent le savourer dans toute sa bonté.

« Chaque substance a son apogée d'esculence : quelques-unes y sont déjà parvenues avant leur entier développement, comme les câpres, les asperges, les perdeaux gris, les pigeons à la cuiller, etc.; les autres y parviennent au moment ou elles ont toute la perfection d'existence qui leur est destinée, comme les melons, la plupart des fruits, le mouton, le bœuf, le chevreuil, les perdrix rouges; d'autres enfin quand elles commencent à se décomposer, telles que les nèfles, la bécasse et surtout le faisan.

« Ce dernier oiseau, quand il est mangé dans les trois jours qui suivent sa mort, n'a rien qui le distingue. Il n'est ni si délicat qu'une poularde, ni si parfumé qu'une caille.

« Pris à point, c'est une chair tendre, sublime et de haut goût; car elle tient à la fois de la volaille et de la venaison.

« Ce point si désirable est celui où le faisan commence à se décomposer ; alors son arome se développe et se joint à une huile qui, pour s'exalter, avait besoin d'un peu de fermentation, comme l'huile du café, que l'on n'obtient que par la torréfaction.

« Ce moment se manifeste aux sens des profanes par une légère odeur et par le changement de couleur du ventre de l'oiseau; mais les inspirés le devinent par une sorte d'instinct qui agit en plusieurs occasions et qui fait, par exemple, qu'un rôtisseur habile décide, au premier coup d'œil, qu'il faut tirer une volaille de la broche ou lui laisser faire encore quelques tours.

« Quand le faisan est arrivé là, on le plume et non plus tôt, et on le pique avec soin, en choisissant le lard le plus frais et le plus ferme.

« Il n'est point indifférent de ne pas plumer le faisan trop tôt ; des expériences très-bien faites ont appris que ceux qui sont conservés dans la plume sont bien plus parfumés que ceux qui sont restés longtemps nus, soit que le contact de l'air neutralise quelques portions de l'arome, soit qu'une partie du suc destiné à nourrir les plumes soit résorbé et serve à relever la chair.

« L'oiseau ainsi préparé, il s'agit de l'étoffer, ce qui se fait de la manière suivante :

« Ayez deux bécasses, désossez-les et videz-les de manière à en faire deux lots : le premier de la chair, le second des entrailles et des foies.

« Vous prenez la chair et vous en faites une farce en la hachant avec de la moelle de bœuf cuite à la vapeur, un peu de lard râpé, poivre, sel, fines herbes, et la quantité de bonnes truffes suffisante pour remplir la capacité intérieure du faisan.

« Vous aurez soin de fixer cette farce de manière à ce qu'elle ne se répande pas en dehors, ce qui est quelquefois assez difficile, quand l'oiseau est un peu avancé. Cependant on y parvient par divers moyens, et, entre autres, en taillant une croûte de pain qu'on attache avec un ruban de fil, et qui fait l'office de l'obturateur.

« Préparez une tranche de pain qui dépasse de deux pouces de chaque côté le faisan couché dans le sens de sa longueur ; prenez alors les foies, les entrailles de bécasses, et pliez-les avec deux grosses truffes, un anchois, un peu de lard râpé, et un morceau convenable de bon beurre frais.

« Vous étendez avec égalité cette pâte sur la rôtie ; et vous la placez sous le faisan préparé comme dessus, de manière à être arrosé en entier de tout le jus qui en découle pendant qu'il rôtit.

« Quand le faisan est cuit, servez-le couché avec grâce sur sa rôtie ; environnez-le d'oranges amères, et soyez tranquille sur l'événement.

« Ce mets de haute saveur doit être arrosé, par préférence, de vin du crû de la Haute-Bougogne : j'ai dégagé cette vérité d'une suite d'observations qui m'ont coûté plus de travail qu'une table de logarithmes.

« Un faisan ainsi préparé serait digne d'être servi à des anges, s'ils voyageaient encore sur la terre comme du temps de Loth.

« Traité d'après la recette précédente, le faisan, déjà distingué par lui-même, est imbibé à l'extérieur de la graisse savoureuse du lard qui se carbonise ; il s'imprègne, à l'intérieur, des gaz odorants qui s'échappent de la bécasse et de la truffe. La rôtie, déjà si richement parée, reçoit encore les sucs à triple combinaison qui découlent de l'oiseau qui rôtit.

« Ainsi, de toutes les bonnes choses qui se trouvent rassemblées, pas un atome n'échappe à l'appréciation, et, attendu l'excellence de ce mets, je le crois digne des tables les plus augustes. »

Dissection du faisan. Le faisan se découpe comme une poularde et les morceaux se servent dans le même ordre.

Afin que la tête, les ailes et la queue soient bien assujetties à l'oiseau, vous les maintenez à l'aide de petits bâtons artistement dissimulés; quelquefois se sert le faisan comme une volaille sans aucun ornement.

Comme la poitrine est la partie la plus délicate de l'oiseau, on peut la découper en enlevant par tranches toute la chair, depuis une aile jusqu'à l'autre, dans le sens de la longueur du corps, détachez en suite les cuisses et divisez ce qui reste.

Salmis de faisans. Ayez un faisan rôti ou des restes de faisan rôti, découpez-les et rangez-les dans une casserole ; pilez les carcasses et les parures, puis ajoutez 1 décilitre de vin de Madère et 1 décilitre de mirepoix ; faites réduire de moitié et ajoutez 4 décilitres d'espagnole, laissez mijoter un quart d'heure sur le coin du fourneau ; écumez et dégraissez ; passez la sauce à l'étamine ; mettez-en la moitié sur le faisan ; faites chauffer le faisan sans ébullition ; dressez-le en rocher ; garnissez de croûtons de pain frits et glacés. Saucez avec le reste de la sauce mis en réserve et servez.

Faisan à l'étouffade (Entrée). Troussez le faisan ; faites entrer les cuisses en dedans ; bridez-le ; piquez l'estomac et les cuisses de lardons de grosseur moyenne ; couvrez-les d'une barde de lard et ficelez. Mettez le faisan dans une casserole foncée de bardes de lard ; mouillez d'un verre de vin blanc et d'un verre d'eau ou de bouillon ; couvrez hermétiquement ; faites mijoter deux heures ; égouttez ensuite le faisan ; tenez-le chaud. Passez et dégraissez la cuisson ; faites-la réduire un instant ; liez-là. Débridez le faisan ; dressez-le sur le plat ; masquez-le de la cuisson réduite.

Faisan braisé à l'angoumoise (Entrée). Larder un faisan dans toutes ses parties charnues avec des truffes coupées en filets ; mettre, dans une casserole, du lard râpé et du beurre ; y passer des truffes coupées en morceaux et les parures de celles qui ont servi à larder le faisan ; assaisonner de sel et de poivre. Lorsque les truffes sont revenues dans ces corps gras, ce qui ne demande pas plus de trois minutes, on les laisse refroidir et on y ajoute 25 ou 30 marrons grillés. Ensuite, on emplit de ce mélange le corps du faisan. On enveloppe ce dernier avec des lardons de lard ; on le ficelle et on le met dans une braisière de sa grandeur ; on a couvert préalablement le fond de la braisière avec des bardes de lard ; on mouille avec un bon verre de vin de Malaga ou avec du vin blanc et deux cuillerées de caramel. On fait cuire à très petit feu.

Lorsque le faisan est cuit, on le déficelle, on dégraisse la cuisson ; on la fait réduire, on la lie avec des marrons écrasés et on la sert sous le faisan.

Faisan à la bohémienne (Entrée). Faire cuire un faisan bridé, habillé et farci, dans une mirepoix additionnée de vin de Madère. On le dresse au milieu d'un ragoût de truffes, de foies gras et de crêtes et rognons de coq ; et on arrose avec le jus réduit de la cuisson.

Autre. « Faites un salpicon avec 500 gr. de truffes que vous couperez en gros dés et 500 gr. de foie gras ; assaisonnez de sel et de poivre ; garnissez les 2 faisans avec la moitié du salpicon dans chaque ; bridez les faisans avec les pattes en dedans et couvrez-les de lard ; mettez-les dans une casserole ovale, en ayant soin de laisser la grille, puis mouillez avec 2 décilitres de Madère et 3 décilitres de Mirepoix ; faites cuire à feu doux 3 quarts d'heure, feu dessus et dessous ; préparez une garniture composée de 2 foies gras cloutés et braisés, 18 grosses truffes, 12 crêtes doubles et bien blanches, 12 beaux rognons ; au moment de servir, égouttez les faisans et débridez-les ; préparez un morceau de mie de pain en cône de 9 centim. de long sur 4 de large et 8 de haut, destiné à soutenir les faisans ; formez une échancrure dans le haut pour que les faisans puissent y entrer ; faites frire le pain et collez-le sur le plat avec du repère ; parez les faisans inclinés dans les deux échancrures, l'estomac en l'air ; garnissez les côtés avec truffes, foies, rognons, de manière que le pain soit bien masqué ; faites 5 hâtelets avec crêtes doubles et grosses truffes, et disposez-les sur les faisans ; saucez d'une espagnole réduite avec essence de truffes ; servez même sauce à part. » (GOUFFÉ).

Faisan à la financière. Préparez 2 faisans ; faites un ragoût financière avec foie gras, crêtes, truffes et quenelles de faisan ; ayez 3 noix de ris de veau piquées, 2 grosses quenelles, 12 crêtes et 9 grosses écrevisses ; mettez les faisans dans une casserole et couvrez-les de bardes de lard ; mouillez avec Mirepoix et vin de Madère ; faites-les cuire à casserole couverte et égouttez-les ; dressez sur le pain frit, garnissez le fond du plat avec le ragoût ; posez les 2 grosses quenelles au bout des fai-

sans sur le ragoût, le ris de veau, dans les côtés et une truffe sur chaque ris de veau ; posez 1 ris de veau sur le haut des faisans ; faites 5 hâtelets avec crêtes, truffes et écrevisses ; placez-les à volonté ; mettez les crêtes qui restent à côté des quenelles pour remplir les intervalles ; servez à part sauce financière réduite au fumet de faisan. »
(GOUFFÉ).

Purée de faisans en croustade garnie de filets piqués. « Levez les filets de 3 faisans ; coupez-les en deux sur leur longueur ; puis parez-les en poires allongées ; placez-les dans un plat à sauter beurré, en les courbant pour former la couronne ; couvrez d'un papier beurré ; enveloppez de papier beurré les faisans dont vous aurez retiré les filets ; faites-les rôtir ; lorsqu'ils sont bien refroidis, levez les chairs, hâchez-les et pilez-les en ajoutant 25 grammes de beurre ; mouillez cette purée que vous venez de faire avec de l'espagnole réduite au fumet de faisan ; garnissez la croustade de purée ; posez au bord les filets que vous aurez fait cuire et glacez ; faites, dans le milieu de la couronne, un rocher de purée qui doit s'élever de 4 centimètres au-dessus de la couronne ; glacez les filets et servez. » (GOUFFÉ).

Boudins de faisans au fumet. « Préparez une farce de faisan. Couchez 12 boudins que vous aurez formés avec la farce ; faites-les pocher, égouttez-les ; dressez-les en couronne et saucez avec espagnole réduite au fumet de faisan. »
(GOUFFÉ).

Faisan (boudins truffés à la Périgueux). « Bridez 4 perdreaux comme pour entrée ; mettez-les dans une casserole ; mouillez-les avec 1 décilitre d'essence de truffes et 3 décilitres de Mirepoix ; couvrez de bardes de lard et de papier beurré ; faites frire un morceau de pain coupé de la largeur de 6 cent. à la base et de 3 cent. au sommet ; faites 3 quenelles de farce de perdreau en forme de poire allongée : fixez avec repère le morceau de pain au milieu du plat et dressez les 3 perdreaux, un sur chaque face du triangle ; posez une quenelle entre chaque perdreau ; saucez avec sauce périgueux, additionnée de fumet de perdreau ; couronnez d'une grosse

truffe ; servez même sauce à part. »
(GOUFFÉ).

Caisse d'escalopes de faisans. « Les caisses d'escalopes de faisans se font de même que les caisses d'escalopes de perdreaux ; saucez avec espagnole réduite au fumet de faisan. » (GOUFFÉ).

Coquettes de faisan. « Levez les chairs d'un faisan ; retirez peaux, graisse et nerfs, puis coupez les chairs en dés ; préparez de même une même quantité de truffes ; saucez avec de l'espagnole réduite avec essences de faisan et de truffes. » (GOUFFÉ).

Farce de faisan. « Ayez 300 gr. de chair de faisan et 200 gr. de chair de poule ; vous remplacerez l'allemande par de l'espagnole réduite au fumet de faisan. » (GOUFFÉ).

Filets de faisan à la financière. « Parez les filets de 6 faisans ; mettez-les dans un plat à sauter beurré et couvrez-les de papier beurré ; parez-les filets mignons et placez sur chaque bout un point de truffes ; placez les filets dans un plat à sauter, en forme de croissant pour former la couronne sur la croustade ; préparez un ragoût financière avec truffes, foies gras, crêtes, quenelles, champignons ; faites sauter les filets de faisans ; dressez-les en couronne autour d'une croustade, puis mettez le ragoût financière dans la croustade ; dressez sur le bord les filets mignons que vous aurez fait cuire ; placez une crête double au milieu, puis saucez les filets de faisans d'une sauce financière réduite au fumet de faisan ; servez sauce financière à part. »
(GOUFFÉ).

Filets de faisans au fumet garnis de quenelles. « Faites les quenelles avec farce de faisan de la grosseur d'une olive ; sautez des filets de faisans et dressez-les autour d'une croustade ; garnissez la croustade de quenelles de faisan ; saucez les filets et les quenelles avec espagnole réduite au fumet de faisan ; servez même sauce à part. »
(GOUFFÉ).

Filets de faisans au foie gras à la Périgueux. « Dressez-les autour d'une croustade ; garnissez la croustade d'escalopes de foie gras ; saucez avec sauce Périgueux. »
(GOUFFÉ.)

www.ingramcontent.com/pod-product-compliance
Lightning Source LLC
Chambersburg PA
CBHW070824260626
47161CB00006B/2396